CANCIÓN DE CUNA
PARA UN SUICIDA

ExLibric

MARÍA MAGDALENA LÓPEZ ESPINOSA

CANCIÓN DE CUNA
PARA UN SUICIDA

EXLIBRIC
ANTEQUERA 2024

CANCIÓN DE CUNA PARA UN SUICIDA
© María Magdalena López Espinosa
Diseño de portada: Dpto. de Diseño Gráfico Exlibric

Iª edición

© ExLibric, 2024.

Editado por: ExLibric
c/ Cueva de Viera, 2, Local 3
Centro Negocios CADI
29200 Antequera (Málaga)
Teléfono: 952 70 60 04
Fax: 952 84 55 03
Correo electrónico: exlibric@exlibric.com
Internet: www.exlibric.com

ISBN: 979-13-87528-26-3
Depósito Legal: MA 2877-2024

Impresión: PODiPrint
Impreso en Andalucía – España

Nota de la editorial: ExLibric pertenece a Innovación y Cualificación S. L.

MARÍA MAGDALENA LÓPEZ ESPINOSA

CANCIÓN DE CUNA
PARA UN SUICIDA

Para el destino,
que sostiene mi vida
con un par de hilos.

Índice

El inicio

Veo el horizonte a través de la pequeña ventana, vislumbro la aurora, siento el frío de la pistola sobre mi mano. Estoy a punto de levantarme la tapa de los sesos. Dirijo el cañón del arma sobre la sien. La mano tiembla y pienso: «¿Por qué he llegado a esto?». La historia es larga, pero el tiempo termina y no habrá más para recapitular los sucesos que me han traído a esto. Los pasos que escucho me dicen que debo apurar el disparo y romper la cabeza con una bala. Regresa el silencio y luego… la voz de mi madre vuelve:

Duerme, pequeño, que el sol se perdió.
La luna te invita a dormir y a soñar,
la aurora te espera en un campo feliz,
para que puedas cantar.
La cuna en mis brazos te arrullará
y esta canción soñarás.
Duerme, pequeño de mi corazón,
duerme con esta canción.
Mi arrullo tu sueño será,
un lugar para soñar.

Llega hasta mis recuerdos la canción de cuna que mi madre entonaba cuando nos dormía entre sus brazos. Pausada, melódica, con tono suave y quedito. Cuando mecía a uno de mis hermanos siempre veía su rostro cantando junto al mío, entonces sentía mucha paz, una tranquilidad que solo en sus brazos podía sentir. La canción de cuna me acompañó siempre, hasta en los peores momentos.

Crecí en uno de esos lugares donde el presupuesto del Gobierno no llega, esas que llaman «ciudades perdidas», las que grandes urbes siempre tienen. Entre esquinas oscuras, drenajes abiertos, un río que solo en épocas de lluvia logra tener agua pestilente. Cuando no caen gotas del cielo la ausencia del agua es parte de la inmundicia que la rodea. Muchos niños, como yo, éramos los habitantes del lugar. Entre ellos, mis amigos el Sapo, el Grillo, la Lombriz, el Cholo, el Aguado, el Dientón, también el Pascuas; podría numerar a otros que por mala o buena suerte formaron parte de mi vida. Varios que cambiaron su domicilio de un barrio miserable a otro peor. Pero ellos eran mis cuates, con ellos convivía. «Los vagos», como solían decirnos en el barrio, éramos los que provocábamos maldades allí.

La casa la compartía con mis padres y cinco hermanos, cada uno de ellos tenía sus propios anhelos. Como todos los pobres, queriendo amarrarse a la vida a través de los sueños. La vivienda tenía dos cuartos, por aquellos lugares eran de las más grandes y nos sentíamos los ricos; teníamos dos camas. Mis padres dormían con Belén, la más pequeña, la Bolita, así le decíamos porque era la gordita, cuando todavía tomaba leche materna, pues con el tiempo tomaría el cuerpo esquelético como todos los demás. En la otra cama dormíamos acomodados de manera organizada, o sea, hechos bola. En ocasiones, el petate en el suelo era mejor para estirar las piernas.

Mi padre creía que asistir a la escuela nos sacaría de pobres. Nos enviaba a la escuela para aprender a leer y a escribir. Solía decir: «Necesitan saber de números y de medidas, así un día serán como yo. ¡Miren! Ya soy maestro y estoy a cargo de la obra. Ya verán cuando el hotel esté listo, los voy a llevar a verlo».

Era nuestro modo de vida. La escuela estaba retirada, así que salíamos temprano para llegar a tiempo. Carmela era la mayor; yo, el segundo. Llevábamos a Carolina y Esperanza, me gustaba fastidiarlas y hacerlas llorar; si no, ¿qué caso tenía ser hermano mayor?

Una mañana, en la vida rutinaria en la escuela, la maestra me sacó de la clase por golpear a Poncho, el canijo me quiso quitar la mitad de torta de frijoles que me había dado don Juan, el viejo de la tienda. Trabajo me costó ganarlo al meter varias cajas de refrescos a la trastienda. Como era lógico, la maestra no creyó que el bolillo era mío, así que me quedé sin torta y sin clases. Pasé la mañana en el pasillo, recibiendo el sol de frente, y eso me ponía más tarugo. Para rematar el día, a la hora de la salida, llegó por nosotros el Pijas, el compadre. No me caía nada bien el tipo, cuando llegaba borracho a la casa le daba por abrazar a mi mamá y también a Carmela. Tenía juegos extraños con ella y con mis hermanas. Fue por nosotros y nos llevó a la casa. Encontré llorando a mi madre, eran tantas las lágrimas que no podía hablar. Así que el Pijas soltó la sopa:

—Mi compadre, cayó del quinto piso.

Las palabras resonaron en el pequeño cuarto. Llantos, gritos, se hizo la confusión. No pude emitir ningún reflejo, permanecí callado hasta que llegó el Pascuas anunciando:

—Ahí viene la tira, quieren hablar con tu mamá.

Mi madre nos sacó de la casa. Mucho rato estuvo hablando con los gendarmes, yo quería enterarme, pero Carmela no me dejó entrar. Lo único que saqué fue una buena regañada, como era su costumbre.

—¿A poco con enterarte vas a resolver algo? ¡Ya deja de ser tan tarado! —Carmela tenía voz de mando, por eso la obedecíamos, era brava, gritona y solía propinarnos coscorrones que en ocasiones producían moretones que dolían varios días.

Me fui al montón de escombro que había en el terreno baldío, cerca del arroyo seco. Hasta el atardecer regresé a la casa. Mi madre y Carmela se habían ido con el Pijas a ese lugar donde guardan los cuerpos. Supe que mis hermanos no habían comido, así que saqué de los ahorros de papá y fui por bolillos y crema; sentía que ahora sería mi responsabilidad. Tenía que ser el hombre mayor de la familia. Toñito, con solo dos años, no tenía ni idea de quién era. Así que aparte de Carmela, debía demostrar que a los catorce años me había convertido en hombre, por eso debía pensar como tal y buscar el sustento para los demás. Ese día, lo solucioné, al menos comieron bolillos con crema. Dos días después, mi madre se dio cuenta de la falta de dinero en los ahorros.

—¿Quién tomó dinero de la caja?

—Los tomé el otro día para comprar bolillos y crema —contesté con orgullo.

—¿Y quién carajos te dijo que eso era para tragar? Ese dinero era para la renta. Si quieres comer, ponte a trabajar.

Junto a sus palabras llegó una bofetada que me tiró al suelo. Después, me envió a cobrar la semana de trabajo con el ingeniero, el patrón de mi papá. Con la cara hinchada por el golpe fui con el hombre para pedirle el pago. Regresé a casa con las manos vacías. Un nudo grande me ahogó la garganta, me ardían los ojos, pero sabía que no podía llorar, mientras mi mente repetía: «Los hombres no lloran, son machos».

—Me dijo el ingeniero que como no terminó la semana, pues que no se la paga.

—¡Pero si se murió el viernes, solo faltó un día! ¡Maldito!, ¡desgraciado! —Vi las lágrimas de mi madre correr por su rostro y arrojar las cosas con coraje. No me golpeó, pero en ese momento lo hubiera preferido.

Carmela

Nací bajo la luna llena. Me lo contó mi madre cuando tenía cinco años, ese detalle nunca lo olvidé. Por esa razón mi piel era blanca, a pesar de que mis padres eran de un color moreno tostado, y mis hermanos, también. Fui la mayor de seis hermanos, el Meño nació cuando yo tenía tres años. Recuerdo que una madrugada desperté y vi a mi madre arrullando a un bebé en sus brazos, cantando una canción de cuna que me gustó porque a mí también me ayudaba a dormir. Mi madre era bonita, delgada, de carácter agradable. Eso cambió cuando murió mi padre.

Recuerdo cuando nacieron mis otros hermanos, yo crecía y vi cómo la familia se multiplicó, la última fue la Bolita, Belén, ella se parecía a mí, con sus ojos saltones y su rostro blanco, o al menos así la veía yo. Desde que nació me dediqué a cuidarla, la quería como si fuera mi hija. También tenía que atender a los demás. Con Meño era el pleito seguro, era muy revoltoso. Carolina era tierna, sonriente, amable. Toñito era muy platicador, pero tenía algo, nunca supe con claridad qué era, por esa razón mi madre lo consentía.

También Esperanza era especial, creo que nunca le tuve paciencia, le tocó una época en que mi padre no tuvo empleo, no había dinero suficiente. Por falta de alimento se volvió muy chillona, en parte tenía la culpa Meño, su pasatiempo era hacerla llorar. Las mañas las traía de los vagos con los que jugaba y que hacían siempre de las suyas. Tenía que salir a defenderlo y terminaba peleando con los chicos del barrio. Mi fama creció y me convertí en la peleonera, me reconocieron como una pelada.

Un tiempo no me importó lo que dijeran, ¡viejas metiches!, les daba coraje que yo fuera bonita como mi mamá. Cuando tenía trece años comencé a cambiar mi manera de vestir, de peinarme y hasta la manera de caminar. Mi madre lavaba ropa ajena, así que yo iba y venía por los encargos de ropa. Cerca de la casa había un regimiento, siempre que pasaba con mis amigas nos decían cosas bonitas y nosotras nos reíamos como mensas. Había un soldado que era muy guapo, casi ni me volteaba a ver, se enojaba con sus compañeros por lo que nos decían. Era muy serio, pero cuando solíamos pasar, noté que de reojo me veía, eso para mí era caminar entre nubes.

En esos días el compadre, el Pijas, acudía a la casa con regularidad, a mí me daba regalos. Siempre traía dulces, chocolates o mazapán. Me hacía señas y entre manos me pasaba regalos, era cariñoso, amable y tierno, parecía mi papá. Mi madre parecía molestarse por ese «extraño cariño», como decía ella.

Mi padre lo veía normal, para él era su compadre y amigo. Un día, sorprendí a mi madre hablando con él a solas, a escondidas. Alcancé a ver como el Pijas la besaba mientras metía las manos por debajo de la blusa. Mamá me dijo que no había visto bien y que, si le decía a mi padre, me molería a golpes. Así que nunca conté lo sucedido.

Una noche salí a la tienda, mis padres habían salido y era la encargada de la cena. El Meño, como siempre, aparecía muy tarde en casa, así que tuve que salir sola y dejar a los demás encerrados. Al regresar me encontré al compadre, como siempre me dio dulces y me invitó a platicar un ratito, luego me enseñó la camioneta que traía. Yo me subí porque quería conocerla. Estuve viendo el volante y el estéreo que tenía, luego puso música y me dijo que me daría un refresco, sacó uno de la parte de atrás y me lo dio. Al subirse cerró la camioneta con seguros y empezó a levantarme la falda. Me hacía caricias en las piernas, sentí que sus manos bajaron el calzón y empezó a jugar con sus dedos en mi entrepierna.

—Tengo calor —le dije, y quise sacar sus manos.

—No te preocupes, eso es normal, es porque te gusta. —Y seguía tocándome.

Se bajó el pantalón y me recostó en el asiento, se subió encima y sentí que algo duro penetraba en mí. Me hizo gritar, me dolió. Quise aventarlo, no pude, un líquido extraño me recorrió las nalgas. El Pijas jadeaba como lo hace un perro, eso duró unos minutos hasta que exhaló y se bajó. Sentí el corazón saltando en el pecho, el calor comenzó a bajar y yo me sentía mojada y al mismo tiempo pegajosa. Vi que se limpiaba, luego me dijo:

—¡Caramba, Carmelita, estás bien sabrosa! A ver cuándo lo repetimos. ¿Verdad que te gustó?

Comencé a llorar, traté de ponerme los calzones. Él me tomó por la quijada y me dijo:

—Si le dices a tu papá, lo mato, ¿oíste?

Recogí el pan y la leche, abrió los seguros y salí de la camioneta. El hombre arrancó y se fue. Me quedé sentada en una piedra grande que estaba en la esquina de la casa, hasta que llegaron mis padres. Me vieron sentada y me regañaron, mi madre vio la falda manchada con sangre. Al entrar a la casa me interrogaron. Belén estaba llorando, los demás ni caso le hacían. De pronto comencé a llorar y les conté lo que el Pijas me había hecho. Mi padre salió de la casa como una fiera. Mi madre me lanzó una bofetada mientras decía:

—¡Eres una buscona, hija de la chingada!

Estuvimos esperando más de una hora, luego llegó Meño y mi madre se empezó a desquitar con él. Tiraba cosas y maldecía. Regresó papá con la camisa rasgada, la cara llena de golpes y muy sucio. Se me acercó y me dijo:

—Ese perro maldito no volverá a hacerte nada. Le partí su madre al cabrón. —Luego me susurró al oído—: No se apure, mi niña, ya me cobré lo que le hizo ese cabrón.

Primer intento

Para mis padres, Carmela fue muy especial. Era bonita, de piel blanca, delgada, con atractivos a la vista. Durante tres años fue hija única, hasta que nací yo. Ella se encargó de nuestro arreglo personal hasta que cada uno fue aprendiendo. Carmela solía cantar, siempre vi que tenía la misma voz de mi madre, se aprendía las canciones y en especial la canción de cuna, la escuché cuando dormía a Toñito y a Belén. Le hacía unas bellas trenzas a Carolina, era quien tenía más pelo y muy largo. Al cantar había paz en ese hogar de adobe y puertas caídas. Esperanza tenía poco pelo, pero siempre la hacía verse linda.

La hermosura de Carmela la completó con el pelo, pues era tan largo que rozaba la cintura. Al caminar, la ondulación hacía juego con las caderas. Era hermosa y sensual. Desde pequeña resaltaron sus talentos femeninos, provocando mis peleas en el barrio con quienes hacían comentarios sobre ella. Más de una vez, Carmela me separó de las peleas y por castigo recibía unas tundas por metiche. Un día comprendí que ya no valía la pena disgustarme con los chavos de la banda. La coquetería de mi hermana era parte de su personalidad. Mis amigos el Sapo y la Lombriz eran sus fieles seguidores, creo que fue novia de los dos, claro, por separado, por eso me era molesto que hablaran de ella, y después de la muerte de mi padre empezaron a visitarla más seguido. Lo malo es que Carmela correspondía a los halagos de los pretendientes, y mi madre… no decía nada.

Un día antes de que muriera mi padre, llegué a casa muy noche y la encontré llorando. No quiso decirme nada. Mi madre era una explosión de gritos, llantos y maldiciones. Tiró algunas cosas, y los manotazos no me faltaron. Luego llegó mi padre, era evidente que había peleado, comenzó a contar el suceso:

—Ese perro maldito no volverá a hacerte nada. —Se acercó a Carmela y la abrazó, dejando que llorara en su regazo—. Le partí su madre al cabrón.

Mi madre se acercó y él las abrazó con ternura. Luego me dijo:

—A las mujeres de esta casa se les defiende, mijo, no importa la chinga que te metan, ¡¿oíste?!

Al día siguiente él murió.

Carmela no era la misma, durante un tiempo no volvió a cantar, tampoco se preocupó por Belén cuando la oía llorar, a punta de gritos me hacía atenderla. Obedecía por dos razones: primero porque me daba miedo la paliza, y segundo porque en el fondo creía que algo le había pasado. La tristeza se le veía en el rostro. La muerte de mi padre estropeó la armonía que teníamos en casa. Carmela ya no traía vestidos, para mí fue un alivio, por un tiempo dejé de pelear con los chavos por culpa de ella.

El tiempo siguió su curso, cada día sentía a mi madre hundirse en un mar de desolación. Después de tres años de la muerte de mi padre, las cosas habían cambiado mucho en la casa. Por ejemplo, el compadre iba a la casa casi todos los días, hasta su mujer lo buscaba allí, la manera de tratarnos me era incómoda, parecía el jefe. Tomé la decisión de dejar la escuela, comencé a trabajar a tiempo completo en la tienda con don Juan, esperando un sueldo, no solo una torta. A las dos semanas dejé el oficio de tendero, me di cuenta de que el tipo era un abusivo, quería pagar con dádivas. Entonces fui a buscar otro empleo. En menos de dos meses, recorrí casi todos los trabajos, trabajé de carpintero, panadero, albañil…, y de todos me corrían; solo tenía catorce años, no era conveniente contratar a menores de edad. Mi afán por ser el hombre de la casa caía en pedazos ante mis ojos.

Así sucedió… La meta que me había propuesto se desvanecía inevitablemente. Esa fue la primera vez, me subí al puente peatonal, tenía varios tubos y podía escalarse a una buena altura. Me sentía como un hombre araña y desde ahí se veían las cosas de otra manera, el movimiento, el aire y la escasa lluvia de la tarde invadieron mi cuerpo de una sensación de libertad. En ese momento lo supe, acabar con mi vida sería la mejor manera de terminar con las preocupaciones y los deseos de ser hombre. Por unos instantes, estuve parado en el tubo más alto, abrí los brazos y sentí el viento golpear el rostro, las gotas de lluvia humedecían mis labios, era el agua un manantial que rejuvenecía. Necesité un poco de tiempo para tomar el valor y caer. Mientras en mi mente se escuchó una melodía conocida, era un arrullo, la canción de cuna apareció en ese momento…

Sin previo aviso, sentí un jalón entre mis piernas. Dos gendarmes me sostuvieron. Los gritos de las personas llegaron a mis oídos, recibí un golpe en la cabeza, pusieron mis manos en la espalda y luego sentí el frío de los anillos rodeando mis muñecas, con varios jalones me subieron a la patrulla. Más de cincuenta pares de ojos me observaron. En ese momento sentí vergüenza y traté de esconderme en el interior de la patrulla. La noche dentro de la celda se vuelve muy larga. No quise darles nombre ni dirección, ni un solo dato, sabía que si mamá se enteraba me pondría una buena tunda. Así que me quedé encerrado, analizando y comprobando que la mala suerte me perseguía. O que era un cobarde, me faltó valor para saltar del puente.

Por la mañana me llevaron al consultorio de una psicóloga, de la cual ni siquiera escuché su nombre, tampoco recuerdo todo lo que me dijo. Mi vista y concentración estuvieron fijas en sus hermosos ojos verdes, grandes, redondos, su boca despedía miel, el pelo le cubría gran parte de la espalda y sus piernas se veían sobre las rodillas. Recuerdo que fue la primera mujer que me gustó y en la cual me había fijado. Su voz era como una melodía, su nombre… Marcela. En el escritorio, sobre una placa estaba escrito su nombre y eso era lo único que importó, esa diosa tenía nombre. Decidí aceptar todo de lo que se me acusó, prometí volver a las terapias y salí de allí con papeles y números de teléfono que ni siquiera revisé.

Cerca de la casa tiré todos los papeles, esa mujer tan encantadora no la volvería a ver, quién puede acordarse de un pobre diablo como yo. Como era lógico, mi madre me recibió con una buena tunda por no haber llegado a dormir, pero nunca le dije en dónde había estado. Belén, la pequeña habitante de ese hogar, me tendió los brazos y la acurruqué entre mis brazos, deseando buscar consuelo entre los de ella. Mientras se dormía traté de cantar la canción de cuna que también sirvió de consuelo para mi alma dolorida. Contemplé por un rato a la Bolita, logré que durmiera, y lo hacía con una tranquilidad envidiable. Añoré los días en los que yo también dormía sin preocupaciones, cuando los sueños y las ilusiones eran parte de mis anhelos.

Sola

Esa mañana lo busqué entre los albañiles. La casa que construían estaba lejos, gasté los últimos pesos en el transporte público. «Estúpida», pensé después. Sus compañeros me lo dijeron:

—¡No, Catalina! El cabrón se largó al otro lado, se fue anoche, con Bartolomé y otros compas. ¿A poco no te lo dijo? —Moví la cabeza en negación y comencé el retorno a casa, no traía dinero para el regreso.

Estuve llorando todo el camino. Me repetía una y otra vez: «¿Qué hacer?». Pasé a visitar a mi amiga Jacinta para platicarle lo que había pasado, pero su madre me lo dijo:

—La desgraciada se largó con el Pijas, se fueron al otro lado para hacer vida nueva. ¡Pobre pendeja, cree que ese tipo la va a hacer feliz! Anoche agarró sus cosas y se fue. —Una cubeta de agua helada recorrió mi cuerpo, la desilusión, el engaño, el coraje, la vergüenza, todo junto. Estaba sola, sola… con un hijo.

Se lo dije a mis padres. Como respuesta, mi madre me golpeó, algunas cicatrices quedaron. Me dieron un mes para largarme, no iban ellos a cargar con un escuincle de sabrá Dios quién sea el padre. Preferí no decirles, ya para qué.

Días después encontré a Dagoberto, un compañero de la escuela primaria que ahora era alto, de tez morena, brazos recios y una bonita sonrisa. Comenzó a visitarme, a la semana se lo dije, sabía que tenía los días contados en la casa de mis padres. No lo dudó y me fui con él. Buscamos una casa en renta, en menos de quince días ya estábamos instalados haciendo una vida juntos.

Un domingo al mediodía nos casamos. No hubo fiesta, tampoco invitados, estuvimos solo tres personas en la ceremonia. Regresamos al hogar y acomodamos las pocas cosas que teníamos. Así comencé una nueva vida, los hijos fueron llegando, y las penas, también.

La experiencia

La muerte de mi padre nos cambió la vida, su ausencia se reflejó en todos los aspectos, casi no había comida, éramos como perros peleando por un trozo de pan. Me la pasaba todo el día trabajando en un almacén metiendo cajas y bultos. A Carmela le dieron trabajo en un restaurante lavando platos, a veces recogía las sobras, eso era suficiente para una comida al día. Era quien mantenía a la prole.

Mi madre comenzó a lavar ajeno, y tenía que ser yo quien la ayudara a llevar y a traer la ropa de una colonia de ricos que estaba cerca. No era agradable ir, el hecho de entrar en las mansiones y ver los jardines, el lujo en el que vivían, me deprimía, luego volver a la realidad, estar comparando los contrastes de la vida. Yo ni siquiera traía unos zapatos decentes, siempre calzando lo que alguien me daba o los hallazgos en el tiradero de basura.

En ese rincón de la ciudad era lo mismo sobrevivir o morir en el intento. Si amanecías con vida ya era ganancia. De repente, el Sapo comenzó a traer buena ropa, zapatos nuevos y comía todos los días. Los de la banda le preguntábamos cómo lo hacía, y la respuesta era:

—¡No mamen! A ustedes les falta hombría para hacer lo que yo hago.

El Sapo tenía diecinueve años, era el mayor de la banda, así que se creía ya un hombre, incluso contó sus aventuras con las chicas del barrio. Por las noches, cuando nos reuníamos, platicaba de lo fogosa que era la Chita, con lujo de detalles narraba cómo gritaba ella cuando entraba en éxtasis. Decía que una mujer tenía que exclamar gemidos y gritos al sentir el placer.

Las anécdotas del Sapo le daban a mi cuerpo un sudor extraño, sentía calor al oír esas conversaciones. Por las noches tenía sueños donde se aparecían las chicas del barrio, veía sus cuerpos desnudos sobre el mío. En las mañanas mis calzones estaban mojados y pegajosos. La imaginación era mi juego favorito, despierto veía a las muchachas de las casas ricas, desnudas, con la piel blanca, suavecitas, tiernas y fogosas, como lo contaba mi cuate, pero el Sapo decía que en la realidad el calor del cuerpo era otra cosa. La masturbación fue mi tarea diaria y el consuelo en los sueños. Estar con las chicas era otra cosa.

La rutina por entregar ropa me dio la oportunidad de ver a las muchachas, al cruzar con ellas me permitía inhalar el perfume que absorbía a su paso. No podía dejar de verlas y en mi mente la imaginación me permitía oírlas dando gritos de placer. Claro que ninguna de ellas volteaba a verme, pero me gustaban mucho y me masturbaba casi todos los días pensando en ellas. A los cuates no les decía, tenía miedo de sus burlas, ya que ellos se inspiraban con las muchachas de la colonia, mujeres al alcance de la mano. Y yo, como siempre, tratando de tener lo inalcanzable.

Un día al llegar a la casa del Dr. Buenrostro, en la piscina había un grupo de muchachas en bikini y trajes de baño, ¡era una fiesta! Entre meseros, música en vivo y cervezas por todos lados. La cocinera me hizo pasar al patio trasero para entregar la ropa. Estuve media hora esperando a que alguien llegara, me desesperé y entré de nuevo a la cocina. Estaba sola, dejé la ropa sobre la mesa y me asomé al jardín para ver de cerca a las muchachas. Mis ojos se deleitaron con las chicas que entraban y salían de la piscina, sus cuerpos húmedos hacían sobresaltar sus pechos firmes y macizos. Tenía los ojos clavados en las nalgas de las chicas, que al inclinarse parecían corazones listos para penetrar en ellos.

Ante tal distracción no me percaté de la presencia de una de las chicas. Ella se acercó ofreciéndome una cerveza, la tomé sin decir palabra. Mi cuerpo pedía algo de frío para bajar el impulso de mi sexo, que en ese momento estaba a punto de desbordar. Y ella se percató de lo que sucedía.

—¡Ven! Vamos al cuarto de Cuquita, ahorita está solo. —Me dejé guiar por su mano.

La habitación estaba en penumbra. Sus manos me guiaron hacia ella, comencé a tocar su piel y sus labios encendían mi cuerpo. Le desabroché el sostén y ella se despojó de las pantaletas. No recuerdo cómo mi playera y el pantalón desaparecieron del cuerpo, al fin podía sentir lo que antes imaginé. Sus gemidos me encendieron, quería oírla gritar. Ella rasguñó mi espalda y yo toqué sus nalgas empujándolas hacia mi pene, que estaba firme y duro como nunca lo había sentido. Sus gritos y los míos se confundían en la oscuridad. Sentí el cuerpo de ella, ardía y temblaba al ritmo que producía el movimiento de sus caderas. La penetré sin tropiezos, esa chica tan sensual era toda mía, «la primera en mi vida». Sus gemidos continuos me ayudaron a seguir, lo hacía lento, rápido y me impulsé a seguir con calma. A ella le gustó, sus piernas me apretaron las nalgas impidiendo que saliera de ella. Un grito y luego otro daba término a una batalla de cuerpos ardientes. Jadeé y solté el cuerpo sudoroso.

Después del éxtasis, las ansias comenzaron a calmarse, exhalaciones mutuas daban paso a la calma. Seguí besando sus labios y ella correspondía. Al morder mi oreja escuché que decía:

—¡Eres un matador, chico! Estuvo excelente.

No contesté, pues el cerebro tardó en codificar sus palabras. Sentía el corazón calmarse poco a poco. De pronto, de un salto, se puso el bikini y desapareció de la habitación. Comprendí que era el momento de volver a la realidad. Salí de la habitación y regresé a la cocina. Por fortuna nadie había pasado por allí, la ropa seguía sobre la mesa. Al fin Jacinta entró corriendo con una charola en la mano.

—¡Qué bueno que no te has ido! Con esto de la fiesta no tengo sosiego. Toma el dinero y te espero la próxima semana.

Tomé los dos billetes sin decir ni media palabra. Salí de la casa, mis manos tenían el aroma de la chica, tenía su sexo impregnado entre mis dedos.

Los días pasaron y me sentía superior a todos los cuates, tener una chica fina y con perfume era una experiencia de la que no cualquiera en nuestro medio podía presumir. Cuando iba a contar mi historia no pude, pensé que nadie lo iba a creer y sería la burla de todos, me lo guardé. Total, a la chica de la piscina no la volví a ver. A pesar de ir cada semana, la mujercita sensual que me enseñó el camino de los placeres carnales no aparecía por ningún lado. Comencé a olvidarla, las muchachas del barrio me parecían poca cosa, sucias y flacas. Hasta Elena, la chica que siempre me había gustado, la hija de don Juan. La perspectiva de mi lugar de origen había cambiado un poco.

La inquietud por cambiar de espacio surgió como una obsesión, tenía que haber medios para lograrlo. Con el dinero que gané en el almacén comencé a comprar ropa, dejé que mi hermana y mi madre costearan la subsistencia de mis hermanos. Como era lógico, mi madre se enojó e insistía en que el dinero hacía falta en la casa. Poco importaron sus reclamos, traer trapos nuevos o de medio uso elevaba mi categoría y mi ego. Los chavos del barrio se mofaban, sus burlas y rechiflas dejaron de importarme. Mis paseos por la alameda me hacían sentir que alborotaba a las muchachas que paseaban por allí. Una tarde de verano me topé con la chica de la piscina, iba acompañada de un hombre mucho mayor que ella. Se bajó en la nevería y la abordé.

—¡Hola! Te he estado buscando —le dije con una sonrisa tratando de llamar su atención.

—¿Cómo? ¿Para qué?

—Por lo del otro día…

—¡Relájate, chavito! Eso fue un relax, algo que se me antojó, nada más.

Mis palabras quedaron estancadas y la vi alejándose, moviendo las caderas y con una sonrisa atraía la atención de su acompañante. No entendí lo sucedido, después de haber estado juntos, ella lo veía como un «relax». Estuve un rato pensando en lo sucedido, caminando sin sentido por la alameda, comencé a ver cómo las chicas me veían y algunas sonreían, de pronto comprendí cuál era la ruta: «Tomar mujeres sin aferrarme a ellas, ¿por qué no? Ellas me darán placer y sentiré sus cuerpos vibrar y escucharé sus jadeos como parte del elixir. Tendría buenos momentos». Entonces volví la mirada a las chicas del barrio, especialmente a Elena.

Comencé a visitarla sin que se diera cuenta el tendero; no era precisamente el hombre que él imaginó para su hija. Nos veíamos en el lote baldío, casi en la noche, cuando las siluetas de los habitantes se confunden unos con otros. Era un placer besarla y sentía que su cuerpo se estremecía. Varias veces intenté meter la mano en sus pechos o debajo de la falda, pero ella siempre encontró el escape o simplemente se iba a su casa, dejándome con la ansiedad de poseerla. Después de la chica de la piscina no había estado con otra, así que el cuerpo me pedía la presencia de una mujer, masturbarme ya no era tan emocionante.

Una de esas noches, después de que Elena salió huyendo, me topé con Consuelo, una mujer que trabajaba en un club nocturno y con frecuencia tenía hombres en su casa. Era mal vista en el barrio, no era precisamente una mujer «decente», aunque en ese barrio la decencia muchas veces pasó de largo. Consuelo me salió al paso:

—Ya te vi con Elenita, cabrón. Dime, ya te la cogiste, ¿verdad?

—¡Claro que no! —contesté rápidamente.

—Si don Juan ve cómo la abrazas, ¡te mata! —Soltó una carcajada—. No te preocupes, yo no diré nada.

—Bueno, gracias —atiné a decir.

—¿Solo gracias? No, chamaco, mínimo acompáñame a la casa. Ven, te invito a una cerveza.

Acepté. Caminamos entre la oscuridad de la calle y llegamos a la casa, prendió la luz y trajo un par de cervezas. Me apresuré a abrirlas y brindamos. Su casa era un poco más grande que la mía, tenía un sillón grande, donde nos sentamos. De pronto comenzó a acariciarme, pasaba la lengua por el cuello, me rizaba el pelo, me desabrochó la camisa y su mano entró en el pantalón.

—¿Cuántos años tienes, Meño?

—Mañana cumplo quince años —lo dije con un temblor en las palabras.

—¡Entonces vamos a festejar! Te voy a convertir en un hombrecito.

Dejamos el sillón y llegamos hasta la cama, la ropa de ambos desapareció. El calor que sentía me hizo olvidarme de quién era la mujer. Me doblaba la edad, podría ser mi madre, pero esos prejuicios desaparecieron al calor del éxtasis. Descubrí que era una mujer muy fogosa y sabía lo que hacía. En definitiva, fue una experiencia diferente.

Miedos

Al día siguiente no quise ir a la escuela. Me quedé en la casa con mi mamá y mis hermanos pequeños. No quería levantarme, seguía con la sensación de las manos de ese hombre. Me desperté, ya no quise dormir. Cerca del mediodía llegó el Pijas acompañado de mis hermanos y entonces soltó la noticia: mi padre estaba muerto. Me quedé parada en la puerta del cuarto, como si algo me mantuviera pegada al suelo. Vi a mi madre llorando, entre gritos y desolación me dijo que los acompañara. Avancé como sonámbula, tenía miedo de ir con ese hombre. Me agarré del brazo de mi madre y el tipo nos llevó en su camioneta. Sentí nuevamente la tela de los asientos debajo de mis piernas, un temblor sacudió mi cuerpo y quise escapar, pero la mano de mi madre me mantuvo adentro.

Fuimos a un lugar donde te dejan ver los cuerpos, había policías y gente en los escritorios. Me quedé sola en una sala grande, vigilada por otras personas, sentía sus ojos clavados en mí. De pronto, vi mi calzado, la ropa, mis manos… Estaban sucias, rotas y viejas. Comencé a llorar, a secarme las lágrimas y la suciedad se marcó mucho más en mi rostro. Mi madre salió y sin dudarlo me abalancé hacia ella y sentí su abrazo que me oprimía con fuerza. Me dijo:

—¡Es él, mi niña, está muerto!

Después del suceso de la camioneta y de la muerte de mi padre, dejé de atender a mis hermanos, me sentía en un pozo sin fondo, sola. Me desquité con Meño, lo obligué a cuidar a los chicos, pero eso duró poco. Tiempo después empezó con sus ondas, con el pretexto de irse a trabajar, volví a cuidar a los niños. Mi madre comenzó a lavar ajeno y Meño comenzó a trabajar con don Juan y una vez por semana se encargó de llevar y traer la ropa de la colonia de los riquillos. Mi madre se mataba lavando y planchando ropa ajena, yo ayudé en lo que podía, entre la casa, los niños y el trabajo no había tiempo para más. Veía a las chicas que se divertían platicando con otros chicos, mis amigas se empezaron a alejar de mí. El abismo de la soledad era cada vez más grande.

Una noche me contemplé en el espejo, la imagen que vi era de una mujer fea, hasta vieja. Recordé que pronto cumpliría dieciocho años, la mayoría de edad. La imagen del Pijas siempre volvía y el tormento creció en mi alma. Recordé cuando los chicos me decían «¡bonita!, ¡chula!, ¡mamacita!»; ahora ya no lo hacían. Lloré un rato, me acurruqué con Belén, que ya dormía, y sentí hundirme en el sueño. En ellos vi a mi padre, a mi madre cantando y a mis hermanos contentos. Desperté con la nostalgia de que esos días nunca regresarían.

Por la mañana, me levanté temprano y me bañé, tomé uno de los vestidos de mi mamá, me peiné y fue cuando me volví a sentir bella, bonita, atractiva. Salí a la calle y como si el sueño me hubiera transformado, los hombres me veían y me seguían con la mirada. Era bonita, más bonita que todas mis amigas. El cambio surtió efecto, volví a ser el centro de las miradas y de la envidia de las muchachas y de alguna que otra señora. Volví a pelear con los amigos de Meño, hasta que él mismo dejó de hacerlo, comprendió que no tenía caso estar peleando por que le dijeran «cuñado». Entre la ropa siempre escondía una navaja. Sentía que el miedo había desaparecido; sin embargo, debía protegerme para que ese hombre jamás volviera a tocarme.

Tropiezos

Los años pasaron ante mis ojos. Tuve varios hijos y en cada uno de ellos sembré la esperanza. La más pequeña fue Belén, la Bolita, como le decían sus hermanos, y de tanto escucharlo terminé nombrándola igual. Todos se parecían a mi esposo, pero Carmela era especial, sin duda era la más bonita. Esperanza tenía el don de desesperarme, siempre fue la más llorona, parecía que había nacido con hambre y en la casa nunca hubo suficiente comida, teníamos que aguantarnos porque Dagoberto tenía mala suerte para los trabajos, lo despedían o los dejaba por la mala paga. Era buen hombre, pero atrabancado y peleonero, todo quería arreglarlo a golpes.

Carolina era una niña tranquila, ella se parecía a mí, aunque su piel era muy morena. La pobre tenía un problema en el paladar y casi no podía hablar. Entonces nos comunicábamos a señas y todos lo hacían así. Era callada, tranquila, parecía que vivía en su propio mundo. Ella y Toño jugaban juntos. Como hermanos se cuidaban, siempre pensé que entre ellos se entendían muy bien, más que cualquiera en la casa. Mi esposo los quería a todos por igual, a pesar de que sabía que Carmela no era su hija, nunca hizo una distinción con ellos, eso nunca le importó.

Teníamos seis años de casados cuando regresó, sí, el padre de Carmela. Cuando lo vi esa mañana quise reclamarle el abandono, pero mi coraje se volcó hacia la mujer que llegó con él. La vi como una intrusa, como una ladrona. Para colmo, rentaron una casa a unas calles de la mía. Presumía del dinero que habían traído de los Estados Unidos, así que se instaló con todo en la colonia. Tenía camioneta, varios muebles y ella vestía bonitos vestidos. A los pocos días, Dagoberto me llegó con la noticia de que teníamos compadre nuevo, iba a ser el padrino de Belén y de Juanito, los bautizamos juntos. El destino sabe jugar bromas pesadas. No quise decirle que él era el hombre que me había abandonado a mi suerte.

También consiguieron trabajo juntos y cada mañana se iban a la obra, y por la tarde se veían para platicar mientras se embrutecían con las cervezas. La sensación de tenerlo cerca me ponía a temblar de pies a cabeza. Casi siempre se iba de casa muy tarde, se tambaleaba hasta casi caerse. A veces Dagoberto lo llevaba a su casa, pero había días en que ni él podía pararse y se quedaba dormido tirado en la cama, completamente borracho. Uno de esos días tuve que acompañarlo, como pude lo levanté y lo llevé casi a cuestas. Cuando habíamos recorrido unas dos cuadras, se enderezó y me recargó contra la pared.

—¡Catalina! Hasta que estamos solitos, mi amor —me dijo tratando de besarme.

Traté de empujarlo, pero era muy fuerte.

—Eres un desgraciado, me abandonaste, me dejaste sola y regresas como si nada hubiera pasado. —Sentí que mis palabras se encendían sacando un enojo guardado durante años.

—Las cosas se complicaron, mi chula. Además, cuando estuve allá me contaron que te habías casado y... *pos* me dolió, y me casé con la Jacinta. Y regreso y te encuentro llena de chamacos. Pues ¿qué querías que hiciera? Soy hombre y necesito de mujer, de una hembra para que me caliente en las noches. Aunque te voy a decir que la Jacinta no es como tú; ella es fría y remilgosa, pero tú eres más ardiente.

Todavía no sé por qué empecé a llorar, me cobijé en sus brazos, y él se aprovechó. Nos besamos y ese beso marcó mi destino. Las cosas que sucedieron después me llevaron al precipicio.

El oficio

Mis aventuras sexuales por fin se las conté al Sapo, sabía que él entendería. Lo primero que hizo fue soltar una de sus tremendas carcajadas, luego alabó las conquistas, después me dijo:

—¡Pinche, Meño, ya te hiciste hombre! Ahora ya puedes elegir con quién follar y a quién tirarte en la cama o de perdis en el petate, aunque es más duro. Las chamacas están bien para un relax, para sentir caricias jóvenes, pero esas solo te desgastan. Con la Consuelo está bien, pero es para las urgencias, esa mujer es una piruja y, aparte, después te va a cobrar. ¡Mira!, hay otro tipo de mujeres que a cambio te dan dinero y ropa.

—¿A ti te dan dinero y ropa las mujeres? —pregunté con sobresalto.

—¡Claro, carnal! ¿Creías que la ropa me la daban los Santos Reyes? Pues no, esta me la gano con el sudor de mi pene.

No pude seguir interrogando, las palabras no me salían, me quedé escuchando las historias del Sapo durante largo rato. En ese momento me enteré de que el Cholo seguía sus pasos, iban a fiestas y a reuniones privadas en donde les pagaban por sus servicios. Sin pensarlo me dijo:

—El domingo vamos a ir a Colinas, un carro nos recoge en la alameda y de ahí nos llevan a la casa. Va a ser todo el día, si quieres te presento a las damas y sirve que así te conectas al grupo. ¿Te animas, matador? Además quedé en llevar a alguien más, y tú me caes del cielo.

Me quedé pensando un momento observando su risa de burla e ironía.

43

—¡Sale! ¿A qué hora en la alameda?

—¡Ocho de la mañana! En punto, cabrón. Si no llegas, te quedas. ¡Mira!, un préstamo para que compres ropa. Te aseguro que ganarás buena lana el domingo, eres el nuevo y vas a tener chamba, así que una ración de camarones no te caería mal. Esos yo te los disparo.

El camino quedó trazado. Compré la ropa y le quité las etiquetas antes de llegar a casa. Como era lógico, mi mamá quería saber la procedencia de los artículos. Como no le contesté comenzaron los regaños, supuso que la había robado de alguna casa o de las tiendas. Solo le dije que nuestra vida iba a cambiar. Me observó con desconfianza y a través del espejo pude ver su cara marchita, su pelo encanecido y su mirada no tenía ese rayo de luz que hacía un año destellaba alegría. Sin duda, mi padre le hacía falta. Salió de la casa con su montón de ropa para lavar y yo me tiré en la cama tratando de asimilar el cambio de vida que ahora veía ante mis ojos.

El domingo llegó, me levanté temprano y me di un baño con agua helada. Mi cuerpo tiritaba de frío, sentí ganas de llorar, y entonces juré que sería la última vez que me bañaría bajo esas circunstancias. Terminé de arreglarme y Carmela despertó:

—¿Y tú a dónde vas? ¿De dónde sacaste esa ropa? —me dijo con su voz de mando que siempre tenía.

—No te metas en mis asuntos, o le digo a mi mamá que te entiendes con el hijo de Camilo, el que está casado, y aparte te ves con el Sapo y la Lombriz a escondidas.

—¡Cállate! ¿Tú cómo sabes eso?

—En este barrio todo se sabe, hermanita, así que cállate y sigue dormida, yo tengo que salir. —La dejé sin darle tiempo a replicar. Lo que yo hiciera con mi vida era al final asunto mío.

En la alameda no se veía gente, estaba casi desierta, a excepción del hombre de los tamales y algún que otro atleta practicando su ejercicio matutino. Casi de inmediato llegó el Cholo, arreglado, peinado y hasta perfumado. Al verme se sorprendió:

—¿Qué haces aquí, Manuel?

—El Sapo me invitó —contesté con seriedad—. Yo también voy a ir a la fiesta.

—Maldito chaparro, ¡quién te viera! Ya sabes a lo que vamos, ¿verdad?

—¡Claro! Hoy voy a ser el nuevo.

En ese momento en que los dos nos reíamos, apareció el Sapo y casi enseguida llegó una camioneta de las grandes. Bajó un hombre de pantalón de mezclilla y chamarra de cuero, también portaba gafas negras. Al bajar preguntó por Harry y James; el Sapo dijo que eran ellos, entonces subimos al auto.

—¿De dónde sacaron esos nombres? —comencé a reírme.

—¡Ay, Meño! Es para apantallar. Imagínate que a las damas que vamos a ver les salimos con que somos el Sapo y el Cholo. La mentada de madre que nos aventarían… Así que mejor ve pensando en un nombre que te dé personalidad y no les digas que eres el Meño.

Cerca de cincuenta minutos duró el viaje y yo no dejé de pensar en cómo llamarme para apantallar. No se me vino nada a la cabeza. Así que llegué a esa casa con las ideas vacías. La camioneta se paró frente a una gran puerta que comenzó a abrirse. Atravesamos un gran jardín y al fin el chófer nos dijo:

—¡Eh, mocosos! El viaje terminó, regreso a las siete.

Descendimos y el Sapo tocó la puerta de madera con vidrios oscuros que parecían espejos, donde vimos el reflejo de tres niños queriendo ser hombres. Una mujer regordeta abrió la puerta, por su expresión supe que no éramos de su agrado. Momentos después una mujer envuelta en una bata color salmón descendió por las escaleras para recibirnos.

—¡Hola, corazones! —saludó con un tono zalamero y una voz un poco chillona—. ¿Cómo han estado? Espero que tengan muchas ganas de divertirse y de pasarla bien.

—¡Por supuesto! —contestó el Sapo lleno de euforia—. ¡Mire! Hoy tenemos un nuevo compañero, apenas tiene quince, pero ya es hombre.

La mujer me observó de arriba abajo, comenzó a pellizcarme los brazos, el pecho y pasó la mano sobre los genitales al momento que decía:

—Estás bien chamaco, pero tienes buena medida… Está bien, te quedas, pero como yo te vi primero te voy a estrenar. —Pasó la lengua por la mejilla—. Pasen al cuarto y luego vayan a desayunar, las muchachas llegarán a las once. ¡Hoy será un gran día! —Dio dos palmadas—. ¡Juana!, llévalos a la habitación y que coman algo.

—Sí, señora. ¡Síganme!

Las camas eran suaves y muy limpias, las habitaciones tenían mucha luz. Desde la ventana se podía ver la piscina, el sol entró reluciente al lugar. Al terminar el desayuno, la mujer regordeta nos proveyó de batas, toallas y trajes de baño. Nunca había usado ninguno, pero no quise verme inexperto, así que imité a mis compañeros para no caer en la ignorancia. En el espejo los cuates hacían lujo de lo que sobresalía en el calzón. Al verme me sentí orgulloso, tenía quince años y no me daba vergüenza, creo que se veía mejor que el de ellos, o al menos eso quise creer.

Estuvimos un rato en la piscina tomando cerveza cuando aparecieron tres damas en traje de baño. Me sorprendí, pues nunca había visto mujeres de esa edad casi desnudas.

—¡Sapo! No me dijiste que íbamos a ver a estas viejas, son de la edad de mi mamá.

—¿A poco crees que tu mamá no coge? También se le calienta. Estas señoras son cuarentonas, tienen lana y eso es lo único que debe importarte. Así como las ves son mujeres ardientes, faltas de cariño y necesitan placeres sexuales. Además, ¡ya sabías a qué venías! No es momento de rajarte, ahora cumples como hombre.

No quise hacer caso a sus palabras, lo de mi madre lo pasé inadvertido o en ese momento no quise tomarle importancia. Traté de acoplarme y hacer lo que se me indicó. Estuvimos en la alberca casi toda la mañana, las mujeres querían vernos echar clavados; por fortuna aprendí a nadar cuando mi padre nos llevaba a los ríos, así que no hubo complicaciones. Tomamos cerveza, reímos, jugamos en el agua con ellas. La música hacía estruendo en toda la casa. Poco a poco mis compañeros desaparecieron, me quedé a solas con la dueña de la casa.

—¡Ven, vamos al cuarto, me vas a demostrar que ya eres un hombre!

Sentí la mano fría que me conducía como un cordero. Al llegar a la habitación ella cerró con seguro y corrió las cortinas, puso música suave. Al acercarse comenzó a besarme, acarició la espalda, el pecho y deslizó el traje de baño. Mi pene estaba erecto y lo metió en la boca, era una sensación nueva. Después, para corresponder, mis manos comenzaron a recorrer su cuerpo, le bajé el sostén y ella se quitó lo demás. Sin duda, era un cuerpo ardiente. Poco a poco se fueron los prejuicios y el cuerpo correspondía a las caricias, olvidé la edad de la mujer, seguí los deseos que el sexo pedía, así que si yo era el hombre eso debía hacer. La dama me enseñó caminos que no conocía. Se recostó en la cama, entonces mi boca se posó entre sus piernas y escuché los gemidos y el jadeo. Ella comenzó a respirar de manera rápida, sus piernas eran duras y suaves. Bajo un susurro me dijo:

—¡Ya métitlo, matador!

Obedecí, esas palabras me hicieron arder y el pene era recto de manera especial. Le tomé las caderas y penetré su sexo como si fuera un experto, el ritmo se apoderó de nosotros. Sentí sus gritos, jadeos, los rasguños recorrieron la espalda, envolvía mis nalgas con sus piernas, mis manos amasaron sus pechos y el cuerpo de ella era fuego, lava o volcán. El gusto por esa mujer me excitó, aprendí a contenerme para durar más. Descubrí que la primera no cuenta, en la segunda y la tercera uno es más potente y provee de placer a mujeres deseosas de caricias. Comprendí que la experiencia es importante. El tiempo transcurrió y comprobé que estuvimos un poco más de tres horas. El ruido en los pasillos nos despertó, la mujer me acarició y veía mi cuerpo. Al levantarse sacó dinero de la cartera y me lo dio en la mano.

—¡Aquí tienes! Te lo ganaste. Estás un poco flacucho, pero eso se soluciona. Quiero verte una vez a la semana, yo me encargo de que comas bien, ya verás que en unos meses me van a envidiar por el chico que me coge. Ahora vete, nos vemos el sábado a las tres.

Sentí el bulto de billetes en la mano y no podía dejar de sonreír. Me vestí a toda prisa, salí de la habitación y los cuates ya estaban en la puerta junto con el chófer. A ellos también se les veía contentos y subimos a la camioneta, que enseguida arrancó.

La familia

Mi madre amaneció enferma, anoche llegó tarde. ¿Dónde estuvo?, no quiso decirlo. Dejó la falda llena de sangre, me dijo que tuvo un accidente. Por dos días permaneció acostada, no dormía, la escuché varias veces llorar; trató de sofocar el llanto, pero los ligeros gemidos la delataron. No quise preguntar, pensé que era por la ausencia de mi padre, llevaba quince días muerto y en casa era obvia la ausencia. Meño con su torpeza trató de hacerse cargo, pronto perdió el interés y los chiquillos trataron de sobrevivir por sus propios medios. Esperanza se ocupó de Belén, pero a Toñito nadie le hacía caso, parecía un mendigo limosneando alimento con los vecinos.

Siempre lo corrían de las casas porque olía muy mal, era difícil bañarlo, siempre lo teníamos que corretear. Recuerdo que en esos días estuvo más de quince días sin bañarse. Cuando mi madre reaccionó volvió a lavar ajeno. Su carácter cambió, siempre parecía enojada, lloraba a ratos y cuando iba a cobrar llegaba maldiciendo y golpeando a los chiquillos. Toñito tenía el talento de hacerla enojar con facilidad, le gustaba comer tierra. Esperanza y Carolina defendían a la Bolita y la recostaban en la cama junto a la pared para que no se cayera.

Las cosas siempre fueron mal, mi madre y yo nos dedicamos a mantener a la familia, lavando ajeno, un trabajo de todo el día. Un tiempo, Meño se encargó de llevar la ropa y traer el dinero. Pero un día, el muy cabrón dijo que ya no lo haría y empezó a meterse en líos. Supe por sus amigos de las visitas y sus movidas.

Después me dijeron que complacía a las damas. Ni idea tenía de lo que realmente hacía. Vivíamos juntos, pero en casa, a pesar de tener solo dos cuartos, parecía que estábamos en una gran casa porque cada uno se instaló en su mundo.

Tiempo después las cosas cambiaron, no sé si era mejor o peor. Meño comenzó a traer dinero, se vestía con ropa nueva, aunque trató de ocultarlo; descubrí las notas de compra o las etiquetas de las prendas. El desgraciado trató de callar su conciencia trayendo ropa para las niñas, a veces para mí. Entonces me hice taruga, ya no me importó lo que hacía, traía dinero y eso al final de cuentas era lo importante. Después se olvidó de la familia y solo se proveía él de ropa, calzado y comida. Dejé de ayudar a mi madre con la ropa, conseguí trabajo de mesera y al menos tenía más dinero y, por supuesto, ropa a mi gusto, ya que atendía las mesas con faldas cortas y blusas escotadas. Me sentía bonita y varios chicos me asediaban, también los amigos del Meño. Un tiempo le hice caso a la Lombriz, era un pazguato, pero me cumplía mis deseos. Por él me enteré de lo que Meño realmente hacía con las «damas». Lo dejé cuando lo metieron a la cárcel por ladrón.

El pasado

Ayudé a mi madre a limpiar casas desde los siete años, veía las enormes mansiones y mi mundo se hacía muy pequeño. Mi madre me tenía prohibido tomar cosas, no quería que fuera una ladrona, pero varias veces no pude evitarlo. Cuando tenía trece años conocí a Carlos. Era un chavo grande que, al parecer, era un «nini» —ni trabaja ni estudia—, eso no lo entendía bien. Me parecía muy guapo y me gustaba el aroma de su colonia. En la primera oportunidad me arrinconaba, metía la mano bajo la blusa y me hacía sentir cosas extrañas, yo lo veía como un juego agradable. Comencé a soñar con sus besos, cada vez que me tocaba hacía arder mi cuerpo, y por eso sucedió.

Un día tuve que ir sola a limpiar la casa de Carlos. Todavía no había terminado de limpiar los patios cuando él me gritó desde la ventana de su habitación:

—¡Catalina, sube!

No lo pensé y obedecí. Al entrar a su cuarto cerró con seguro y se abalanzó hacia mí. Comenzó con los besos y sus manos se movían mientras la ropa caía al suelo. Me dejé llevar, era algo nuevo y me hacía sentir bien. Fue mi primera vez. Entre sus caricias nacía una mujer, el éxtasis conjugado con los jadeos y las ansias por lo que sentía, cosas nuevas despertaron mi instinto de mujer y todo en conjunto fue bello.

Después de ese día aproveché las oportunidades para estar a solas con él, hasta que un día se fue a estudiar a otra ciudad y nos despidieron. Jamás lo volví a ver. Tiempo después conocí al

Pijas, no era un hombre atractivo, era realmente un hombre feo, pero tenía un no sé qué, con su mirada me atrajo y me convertí en su amante.

Nos veíamos todos los días en su casa, a veces en la mía, siempre a escondidas de mis padres. No me importó lo que dijeran las viejas chismosas, siempre atentas a lo que hacían los demás. Nunca fui buena para razonar, ese hombre me trastornó los sentidos, no hacía caso de lo que decían de él. No faltó quien me dijera:

—¡Se está aprovechando de ti, Catalina! ¡Es un abusador!

Me lo dijo Jacinta, poco antes de largarse con él. Me dejó sola, con un hijo a cuestas, sin casa, sin amparo y con el corazón destrozado.

El Pijas

Los días pasaron bajo el ritmo que imponía una nueva forma de vida. Las visitas a la dama que pagaba la ropa, el gimnasio y algunos antojos me hacían cumplir con puntualidad cada sábado, a veces ya ni los cuates me acompañaban, ellos tenían sus propios *business.* De vez en cuando volvíamos los tres a las casas de las ricas y cada quien se encargaba de su ruca. La visión que tenía de las mujeres cambió mi manera de pensar, el cuerpo femenino, la posesión de una mujer era diversión, placer y una fuente de ingresos. En ese momento así lo veía yo.

A mi madre no le decía de dónde provenía el dinero; creo que no le importó, mientras llegara con comida para todos, dejaron de molestarle las habladurías de los vecinos. Llegué a verla contenta y a mis hermanos también, tener pan para comer era ganancia en ese lugar. «¡Era rico!», me comentaron los cuates del barrio. De vez en cuando repartía chelas para todos y algún que otro antojo. Sí, en esos días parecía como si todo funcionara.

Un día el Sapo me comentó:

—¡Te pasas, Meño! Nomás era cosa que te enseñaras y no hay quien te detenga.

—¡Ya ves! En algo tenía que ser bueno, ¿no crees?

—Eso sí, pero ten cuidado, unos tipos me comentaron que esa señora es esposa de un capo, de esos que venden drogas y matan gente. ¡Ten cuidado! Nomás que sepa que te coges a su mujer y no la cuentas.

Me dejó pensando. Los días en que me aparecía por la casa, ella estaba sola, las citas eran sin el marido. Creo que eso era lo mejor, eso de lidiar con maridos celosos no era lo mío. Hasta ese momento no había pensado en los hombres que pagaban las cuentas y los gustos de las esposas. Pero resolví que eso no era asunto mío. Total, ni los conocía.

Acostumbrado a la rutina de ver a las damas, perdí la noción de que mi madre y mis hermanas también eran mujeres. Una tarde regresé temprano, la mujer que me había citado canceló en el último momento, su marido regresó de viaje y los planes se vinieron abajo. Eran gajes del oficio. Durante el regreso observé el barrio, seguía siendo lo mismo: calles con basura, perros flacos peleando por los desperdicios, el arroyo con su acostumbrada pestilencia. Mientras me dirigía a casa, pensé en llevarme a mis hermanos y a mi madre a otro lugar, ya era tiempo de cambiar el rumbo, siempre soñé con tener algo mejor. Al topar con la puerta mis pensamientos se disiparon, estaba cerrada. Sin embargo, algunos sonidos extraños me hicieron pensar en que alguien estaba en casa. Empujé con fuerza la puerta y esta cedió. Los cuerpos que estaban sobre la cama quedaron visibles ante mis ojos. Mi madre, desnuda, compartía el lecho con el Pijas, su compadre. Ante lo que veía solo recibí una respuesta:

—¡Cierra la maldita puerta, cabrón! —dijo con coraje el Pijas.

Cerré la puerta de golpe y salí huyendo del lugar. En ese momento recordé las palabras del Sapo: «¿A poco crees que tu mamá no coge? También se le calienta». Resonaron en mis oídos y me aturdían las palabras. Sentí unas lágrimas rodando por las mejillas, me sorprendí al sentirlas, pues desde la muerte de mi padre no había vuelto a llorar. Me escondí en el lote baldío, tomé varias cervezas y me quedé dormido. El frío de la madrugada me despertó, recogí mis cosas y me hospedé en un hostal cerca del barrio, esos donde las putas trabajan. Los ruidos de las habitaciones no me dejaron dormir; estaba acostumbrado a esos sonidos, no me extrañaron ni provocaron nada en mí. Cerca de las seis de la mañana el ritmo tomó sus espacios de silencio y al fin, por el cansancio, me quedé dormido. Cerca del mediodía los golpes en la puerta me despertaron.

—¡Afuera! Se terminó el tiempo.

—Ya voy —contesté con el hálito cansado. La cruda es lo peor después de la borrachera.

Salí de la habitación y fui al mercado para desayunar. Me encontré al Sapo y al Pascuas; no les conté nada, compartimos la mesa y comimos un caldo cargado de chile y camarones. Los tres sudábamos y reíamos, a ellos también les había pegado la cruda. En esos momentos no recordé los sucesos del día anterior. Después de comer decidimos ir al cine, estrenaron película, y sin más nos encaminamos al centro. Antes de entrar compramos nieve de limón y la escondimos entre las chamarras para entrar. No nos revisaron, pues el guardia era compa del Pascuas y nos dejó pasar sin revisión. La película fue la distracción, era de acción, así que no tuve tiempo de pensar en mi madre. Al salir de la función, empezó a oscurecer y los tres nos encaminamos al barrio. El Pascuas se apartó de nosotros alegando tener un compromiso. Así que el Sapo y yo llegamos al barrio.

—¿Te pasa algo, Meño? Vienes muy pensativo.

—No quiero llegar a mi casa, me bronqueé con la jefa ayer, y la neta no se me antoja verla.

—No mames, es tu jefa, total ni modo que no te perdone.

—No, si quien tiene que perdonarla soy yo, y la neta no se me antoja.

—¿*Pos* qué te traes? Vente, vamos a mi casa, al fin que ahora estoy solo. Mi jefa se fue unos días al pueblo con mis hermanos y me dejaron el cantón para mí solito. Y me cuentas qué pasó.

Acepté, esa noche no tenía dónde dormir y no tenía el valor de enfrentar a mi madre. Al llegar a la casa, tomamos café de olla; era de dos días, pero todavía estaba bueno. Estuvimos platicando mucho rato, hasta que fue inevitable esconder el tema.

—¿Qué pasó con tu jefa? Lo más seguro es que la hayas visto con el Pijas, ¿o no?

Sostuve la mirada por un momento, pensé que eso era noticia nueva. Pero al fin contesté:

—¿Desde cuándo lo sabes? Yo me enteré ayer.

—Estás atrasado de noticias, aquí todos lo saben, hasta la vieja del Pijas, que ya le da igual y lo deja hacer lo que quiere. Tus hermanos también lo saben. Yo pensé que tú también lo sabías y te hacías el loco.

—Es que ese tipo me cae muy gordo, no lo paso, nunca me gustó como compadre de mi papá. No sé, no me da buena espina.

—En eso tienes razón, y te voy a decir una cosa: deja que tu mamá haga lo que quiera. Total, es mujer y necesita de un hombre, tú bien sabes cómo son las mujeres a esa edad. A quienes debes cuidar es a tus hermanas, porque ese Pijas es un cabrón, ¡bien cabrón!

—¿Por qué lo dices?

—Mi papá me contó cuando tu mamá llegó al barrio.

—¿Qué te dijo?

—Decía que era una mujer muy bonita, flaquita, pero que tenía cara de muñeca, de esas de porcelana. Al principio fue la sensación y todos se alocaron, hasta mi papá.

—¡Ese cabrón!

—También supe que el Pijas aseguró que ella había sido su novia casi dos años, pero que lo dejó para casarse con tu papá.

—¿Mi mamá, novia del Pijas?

—Según mi papá, sí. El Pijas se fue a trabajar al otro lado, tal vez por eso cortaron, y cuando regresó se hizo amigo de tu papá y luego se hicieron compadres cuando bautizaron al Toñito y a la Bolita. Pensé que lo sabías, carnal.

—No, en esas cosas mi mamá es muy reservada. No nos cuenta nada, o al menos no a mí.

—¡Ya, no la hagas de emoción! Total, a ti qué más te da. Y ya vámonos a dormir, recuerda que mañana vamos de visita a Las Lomas.

Mis pensamientos duraron cerca de las tres de la mañana, las palabras iban y venían. Imaginé a mi madre y hacía comparaciones con las señoras que visitaba. Lo veía distinto, pero la imagen de mi madre desnuda no se apartaba de la mente. Entonces prefería recordarla arrullando a Belén y cantándole a Toñito esa canción de cuna que se repetía constantemente hasta quedarme dormido, y entre sueños escuché:

Duerme, pequeño, que el sol se perdió.
La luna te invita a dormir y a soñar,
la aurora te espera en un campo feliz,
para que puedas cantar.
La cuna en mis brazos te arrullará

y esta canción soñarás.
Duerme, pequeño de mi corazón.
Duerme con esta canción.
Mi arrullo tu sueño será,
un lugar para soñar.

Al siguiente día nos bañamos. El Sapo me prestó ropa, acudimos a Las Lomas. Todo salió como lo esperaba: la música, los tragos, la alberca, risas, juegos y luego las mujeres acariciando los cuerpos desnudos, la intimidad en las habitaciones. Ese día lo vi como una pesada rutina, mi mente no dejó de ver a mi madre en el rostro de esas mujeres.

Por la noche regresé a la casa, mi madre daba de cenar a los niños. Yo traía una bolsa con pan que compré en la alameda y lo repartí. Ella no decía nada, servía la leche y le dio de comer a la Bolita, que se reía mientras comía. Al fin le pregunté:

—¿Por qué no se consiguió otro hombre? ¿Tenía que ser ese pinche viejo?

—¿Tú qué sabes?

—Mejor le hubiera hecho caso al tendero, ese también le traía ganas.

—Qué fácil es para ti. Además, hay cosas que tú no sabes.

—Pues cuéntalas, ¿pa saber?

—Mira, al Pijas lo conocí de chamaca, fuimos novios. Un día se fue al norte para conseguir más dinero, me dejó embarazada, así que tu papá me aceptó con la escuincla, y lo demás ya lo sabes.

—¿De quién hablas?, ¿de Carmela? —grité tratando de no entender la realidad que se reflejó ante mis ojos.

—No sé qué te extraña, ella no se parece a ustedes.

Una respuesta ajena a todo lo que había imaginado, ese hombre tan repugnante formaba parte de la familia. La imagen de mi padre se caía ante mis ojos, siempre aceptó ser el otro, el cornudo o el pendejo.

—Entonces, ¿usted siempre hizo güey al jefe?

—Eso es cosa que no te importa, tú dedícate a tus putas y a mí déjame en paz.

—Pues esas putas nos mantienen, ¿de dónde crees que salen la comida que traigo y los regalos? Eres igual que ellas.

—*Pos* sí, pero no me acuesto con chamacos como tú, yo escojo hombres. Vete con tus putas y déjanos, al fin que nos va a llevar a otra casa. Mira a Carmela, ya se fue con un gendarme a vivir con él.

—¿Qué estás diciendo?

Las sorpresas de ese día seguían saliendo, sentía que todo lo que conocía como familia se salía de mis manos. ¿Qué hacer? Se suponía que yo era el hombre de la casa. Salí sin decir nada más, ¿qué caso tenía seguir allí dentro? Me senté sobre unas piedras, escuché perros ladrar en la oscuridad de las calles. Decidí buscar una solución, pregunté a los cuates si sabían a dónde se había ido Carmela, así que fui hasta la casa del gendarme, en otra colonia, pero igual de jodida que la mía. Tuve que tocar varias puertas antes de saber dónde estaba Carmela. Al fin, en una de las puertas salió mi hermana.

—¡Y ora tú! Hasta que apareces. ¿Qué quieres?

Al verla recordé las palabras de mi madre, la manera de decir de quién era hija. En un instante el enojo había desaparecido, su aspecto mostró fragilidad, sumisión y claro pendejismo, pero se veía tierna con el delantal.

—¿Por qué dejaste la casa?

—¿No me digas que vienes a regañarme? ¡Nomás eso me faltaba, que tú me hicieras escenas! Estoy aquí porque quiero. Nico y yo nos vamos a casar en cuanto junte una lana, y yo lo quiero, ¿qué tiene eso de malo? Además, ya me cansé de ser la criada de ustedes, de lavar y planchar ajeno, de servir mesas. Prefiero venir a atender a mi marido, aquí la comida alcanzará para los dos, ya no tendré que compartirla y quedarme con las sobras.

No pude pronunciar palabra. Tenía razón, nuestra vida era pura miseria. Sin pensarlo me arrojé a sus brazos y ella correspondió.

—Cuida de los críos y a mi jefa, ¿sabes? Sobre todo del Pijas, ese perro es un cabrón, pero mi mamá lo escogió, ni modo.

Por sus palabras supe que ella no sabía que el Pijas era su padre. Entonces caminé por las calles oscuras bajo la guía de la luna.

Semejanza

La coquetería era parte de mi personalidad. Dejé a la Lombriz, ese idiota quería favorcitos a cambio de nada; otros por lo menos me daban regalos y yo a cambio se las chupaba. Era desagradable, después de lo que me pasó cuando era niña no quería estar con hombres, hay cosas que lastiman y duelen, pero hay que dejarlas atrás.

A la semana de haber muerto mi papá me encontré a ese hombre saliendo de la tienda, me tomó por el brazo y me golpeó contra la pared mientras decía:

—¿Ya ves por decirle a tu papá lo que hicimos? —Sus palabras fueron como un huracán azotando de frente—. ¡Lo tuve que matar! Si no le hubieras dicho nada, aquí estaría vivito y coleando. —El Pijas soltó una carcajada y se fue. Por eso decidí cargar todos los días la navaja, que se convirtió en un amuleto o en una falsa defensa.

Me acostumbré a divertirme con los muchachos. Después de haber sido novia de varios y de solo darles entrada sin llegada, me cansé de los juegos. Para entonces sentía la mirada de los soldados, mi diversión era provocarlos, movía las caderas y volteaba regalando una sonrisa. A veces hasta tiraba cosas para agacharme y levantarlas. Así conocí a Nico en una de las guardias del cuartel.

Nico era un hombre muy atractivo, las chicas de la colonia le habían puesto el ojo, por eso decidí conquistarlo. No es por presumir, pero en poco tiempo lo tuve comiendo de mi mano. Era muy atento, siempre que era su descanso nos veíamos en un hotelito y hacíamos el amor como locos. A él no le importó que no fuera virgen, tampoco me preguntó quién fue el primero, su deseo era tenerme en sus brazos. Me convertí en la envidia de las muchachas, pues había conquistado al mejor de los hombres a la redonda.

Me enteré de que mi madre era la amante del Pijas, la Jacinta me lo dijo un día que fue a buscar al viejo a mi casa.

—¡Dile a tu pinche madre que deje de revolcarse con mi marido! Que él tiene hembra *pa* que lo caliente.

—Pues no ha de ser muy buena, ya ves, busca mejores. — Lo dije casi sin pensar, como una defensa. Mis pensamientos se mezclaron, ¿cómo era posible que fuera la amante del hombre que había abusado de mí?, ¿del hombre que mató a mi padre? No podía comprender, así que necesitaba explicaciones.

Llegué a la casa y mi madre daba de comer a Belén y a Toñito. Contemplé la ternura que tenía cuando decidía ser madre y por segundos la furia que sentía se desvaneció. Los niños terminaron de comer y les pedí que salieran a jugar. Quedamos a solas, frente a frente, y la furia volvió. Entonces ya no fuimos madre e hija, sino un enfrentamiento de mujer a mujer.

—¿Qué te traes, Carmela? Pareces endemoniada.

—¡Me dijo la Jacinta que usted anda con su marido! ¿Es cierto?

—¿Y qué con que sea cierto? ¿Te da coraje o tienes celos?

—¡No diga estupideces! Yo no tendría celos, pero sí mucho coraje. ¿Se da cuenta de que ese hombre me violó?

—¡Eso dijiste para que tu papá se pelara! Te sentías su hijita consentida. Además, Ángel dijo que eso no era cierto.

—Ya veo que le cree más a él que a mí, ¡yo soy su hija!

—Por eso, ¿cómo te iba a hacer algo, si tu padre es Ángel, no Dagoberto?

Lo que dijo me dejó muda, comprendí que las palabras tienen el poder de lastimar y quien las dice mata, desilusiona, lastima y hace pedazos una vida que creías que era tuya. Se detuvo a explicarme su vida pasada, pero a cada palabra sentía más coraje con la mujer a quien solía llamar madre. Noté que su obsesión por ese hombre la tenía ciega, lo idealizaba como si fuera el hombre perfecto. No comprendía, ¿cómo se puede amar de esa manera? Salí de la casa y fui a buscar a Nico. Durante el camino comencé a cuestionarme: «¿Cómo se puede amar de esa manera? ¿Acaso me pasa lo mismo? ¿Veo a Nico como el hombre perfecto?».

Cuando llegué al hotel donde nos veíamos le conté lo sucedido con mi madre, omití varias cosas, pues me daba vergüenza. Él me acurrucó entre sus brazos, besó mi pelo, me desvistió tranquilamente, con pausas, con besos. Hicimos el amor, estuvimos juntos toda la tarde. Lo vi dormir y pensé: «Sí, él es perfecto». ¡Estúpida!

Engaños

Sí, lo sé, ¡engañé a mi marido!, el hombre que me había dado refugio, un hogar, alimento y un lugar seguro para mi hija y después para sus hijos. Cuando Ángel regresó, vivía a unas cuadras de mi casa, tenía el deseo de correr a sus brazos. Esos años no fueron suficientes para olvidarlo. No podía perdonar que me abandonara, que se casara con mi amiga; a fin de cuentas, eso ya no tenía importancia. Sentía el deseo de buscarlo, me comporté como una adolescente. Dagoberto me llegó con la sorpresa de que trabajarían juntos y, para colmo, se hicieron compadres. Después del bautizo todo fue cordialidad. La idiota de Jacinta no lo vio venir, confiaba en él, como yo lo hice años atrás. Las borracheras en mi casa servían para embrutecer a Dagoberto y después, escondidos en cualquier rincón, hacíamos el amor.

Jacinta lo supo después, ella tenía trabajo en un restaurante y regresaba tarde. Nunca tuvieron hijos, no supe por qué, tampoco me importó. A Carmela le daba regalos y la quería mucho. Una noche encontramos a Carmela llorando. Dagoberto salió a buscarlo, yo me volqué contra ella por mentirosa. Recuerdo que la golpeé, le propiné dos bofetadas. En eso llegó Meño y me desquité con las ollas, los vasos y hasta con la pared. No sabía si era rabia o celos mal entendidos.

Al siguiente día velé a Dagoberto, el muy idiota se peleó con Ángel. Entonces comenzaron los remordimientos por querer más a ese hombre que a mi familia. Durante el sepelio veía a mis hijos, desamparados, pobres, solos, quedamos a la deriva. Lo sepultamos por la tarde. Carmela, a su corta edad, logró ahogar el llanto para dar consuelo a sus hermanas. Los ojitos de Toñito miraban para todos lados, como si buscara algo a qué aferrarse. Belén se afianzó a mis brazos y yo a los de ella. Días después me di cuenta, ¡iba a tener otro hijo!, ¡otro! Corrí a decírselo a él:

—¡Ángel, voy a tener un niño!

—¿Eres estúpida? Yo no puedo tener hijos contigo.

—¡Claro que sí! Te recuerdo que Carmela es tu hija.

—Eso inventaste para que yo no me fuera, para retenerme, pero luego te casaste con el primero que se te cruzó entre las piernas.

—¡Por eso me casé! Para que tuviera un padre —traté de calmar los ánimos—. Ahora ya podemos estar juntos, deja a Jacinta y te vienes a vivir conmigo.

—Mira, Catalina, yo no soy hombre de una sola vieja, no voy a dejar a Jacinta nada más por tus calzones. No, mi reina, yo tengo mis dos viejas y así vamos a seguir. Si eso no te gusta, pues te puedes quedar con tus jodidos hijos, porque yo no me voy a hacer cargo de ellos, tampoco de la que dices que es mía. Eso ve a contárselo a otro.

—¡Pues sí es tu hija y sé que abusaste de ella!

—Pues ya se jodió, porque yo no lo sabía. Y busca la forma de deshacerte del problema, conmigo no cuentes.

Sí…, las palabras lastiman. A veces es preferible un golpe, un balazo, hasta un par de patadas, pues lastiman menos. Salí de su casa con el corazón destrozado. Fui a buscar a la Doña, así le decían porque tenía la habilidad de ayudar a quienes tenían problemas como el mío. Sin pensarlo llegué hasta la puerta:

—Vienes a deshacerte del problema, ¿verdad? —Moví la cabeza con aprobación—. *Ta güeno*, ya veremos cómo me vas a pagar. Recuéstate, es mejor ahora para que no te vayas a arrepentir.

Pasé tres días en cama, no podía levantarme, el dolor era intenso, profundo. Pero la conciencia se convierte en una carga tan pesada que no se puede cargar por mucho tiempo: mi esposo muerto, mi hija ultrajada, mis hijos en la miseria y yo era una mujer sin valores y sin moral. Había tirado a un ser humano sin defensa, sin voz. Quise terminar mi vida y encontré la navaja que traía Carmela, la sustraje y corté…

Desperté en un hospital, con las manos atadas. Entre sueños había escuchado una canción que ya creía olvidada. Era Carmela, que me arrulló como a un bebé. Escuché tararear esa canción de cuna que una vez inventé, sin sentido, sin rima, pero que usé para dormir a mis hijos mientras los mecía. Contemplé su hermosa sonrisa, esa niña que una vez fue mi ilusión.

Regresé a casa y tomé las riendas, me dediqué a lavar ajeno. Carmela y Meño me ayudaron un tiempo, después cada uno tomó su propio rumbo o hizo sus propias pendejadas. Lo que no cambié fueron las visitas de Ángel. Era más asiduo, llegaba con regalos, a veces estaba todas las tardes con las niñas, jugaba, o al menos eso creía. Entre mis esperanzas creía que pronto se quedaría definitivamente conmigo, ¡qué estúpida! Las ilusiones son vasijas vacías que las mujeres suelen guardar para no querer ver la realidad.

Un día Meño llegó antes de tiempo, me vio con Ángel en la cama. Él lo corrió y yo seguí extasiada en sus brazos. Después discutí con mi hijo. Carmela se había ido esa tarde de la casa, ninguno toleraba al compadre en la casa. Después descubrí que los demás tampoco. La verdad apareció de la manera más cruel, la vida me tenía preparadas algunas sorpresas.

Violación

Hay cosas que suceden y ya no pueden cambiar. Mi vida era una miseria y vi en el futuro que lo seguiría siendo, comencé a sentirme como una verdadera porquería. ¿Qué hacer? Conseguir otro modo de vida no era garantía. Sin embargo, seguí con lo mismo, solo faltó hacer lo peor para consagrarme como el peor de los hombres. Por las noches al regresar a casa veía a Elena, era bonita, a pesar de su cara chorreada y su pelo lleno de tierra, nada anormal en ese lugar. Me ofrecí a ayudar todos los días a don Juan, su padre, en la tienda, para bajar la cortina y cerrar. Ver a Elena era la intención, a pesar de su desarreglo su caminar me atraía. Platicábamos en el lote baldío cuando el sol caía. La pobre apreció mis caricias, los besos, pero cuando quería meter mano, corría, luego con su mano me lanzaba un beso y desaparecía por la calle oscura.

Al principio eso era agradable, pero yo quería más de las mujeres, me fastidió eso de la manita sudada. Los amigos del barrio hacían comentarios sobre lo rico que era hacer el amor con una virgen, y eso era para mí Elena, una muchacha que no conocía hombre y yo quería tener el privilegio de ser el primero de probar mujer nueva. Una tarde encontré a Elena sola en la tienda. Sin pensarlo llegué y le compré un refresco, después lo cambié por cerveza, a la cual le siguieron cuatro. La plática siguió hasta caer la noche, la acompañé hasta que tenía que cerrar, el reloj marcó las diez con quince minutos y nos dedicamos a bajar la cortina.

—Meño, ya debo cerrar, a mi papá no le gusta que deje abierto tan tarde.

—¿Entonces me estás corriendo?

—¡Claro que no! Solo que hoy estoy sola, mi papá salió de la ciudad y llegará mañana.

—Eso quiere decir que estamos solitos. —Sin pensarlo, la abracé y traté de besarla, pero ella me empujó.

—No, no, Meño, mejor vete, ya estás borracho.

Cerré la puerta y volví a abrazarla, traté de encontrar su boca para despertar el deseo en su cuerpo, el mismo que a mí ya me consumía. Le arranqué la blusa, dejando al descubierto sus senos voluptuosos, que se agitaron de una manera muy sensual. Después la empujé hacia unos bultos de azúcar que estaban en un rincón. Elena trató de escapar, pero me di cuenta de su fragilidad, no me detuve. Me quité la playera y me bajé el pantalón, con brusquedad encontré las pantaletas debajo de la falda y la despojé rápidamente.

Su llanto y sus gemidos llenaron mi cuerpo de éxtasis y al sentir su sexo solo pensé en la satisfacción de mi cuerpo. Al comenzar a penetrarla sentí un líquido correr por mi miembro. El momento de la penetración fue fantástico, ella soltó un quejido de placer, después seguí el ritmo, besé su boca, su cuello. Mis manos masajearon sus senos, ella dejó de luchar, cedió al momento que a los dos nos exaltó. Luego gimió y las lágrimas corrieron por el rostro. No me importó, y seguí hasta derramar el semen de mi hombría dentro de ella. Lancé algunos quejidos que se acompañaban de placer, por fin era mía una virgen.

Al terminar, me bajé de su cuerpo. Ella quedó inmóvil, ausente, llorando quedito. De manera lenta comenzó a incorporarse, se arropó con los trozos de blusa que tenía, se bajó la falda, se movió un poco para encerrar su cuerpo como en un capullo, abrazó las piernas con los brazos y siguió llorando. Entonces le dije:

—¿Verdad que te gustó?

—No necesitabas hacer esto… —Me lanzó una mirada de odio—. Solo tenías que pedirlo.

Me vestí sin contestar, no supe qué decir, me turbaron las palabras. Abrí la puerta y salí de la tienda. Cerré con fuerza y alcancé a escuchar el llanto de la chica. Corrí por las calles, busqué un refugio, traté de escapar de mí mismo. Cuando ya no pude correr, caminé por varias horas, las imágenes de lo sucedido en la tienda me rodearon. Escuché la voz de Elena, su súplica: «No, suéltame». Pero su perfume, la sensación de su cuerpo me llenó de un éxtasis desconocido.

Cerca del amanecer regresé a la casa. Casi todos dormían, solo mi madre se había levantado. Le di el dinero que traía y me recosté en su cama, estaban Belén y Toñito, traté de no despertarlos. Sin embargo, no podía dormir, estuve observando a mamá organizar la cocina. Me di cuenta de que todavía era bonita, a pesar de los años y de la carga que tenía encima. En ese momento comenzó a tararear quedito la canción de cuna que nos cantaba, e imaginé a Elena arrullando a un niño en sus brazos. Esa imagen me gustó y me quedé dormido. Durante varios días me escondí de Elena, rodeaba por otras calles para no pasar junto a la tienda. En el fondo de quien me escondía era de don Juan.

Sin poder remediar nada, seguí en la rutina visitando damas. Ya era fastidioso, el asco comenzó a invadirme, pero era lo único que me proporcionaba dinero, otro empleo solo me daba para mal comer. Además, era llevar algo de comida, cada vez lo hacía con menos frecuencia. Por culpa de mis gastos en ropa, cervezas y los antojos, quedaba poco. Mi madre seguía con el Pijas, a veces comía en la casa, entonces decidía desaparecer. Pensé en buscar otra casa, para mí o para sacar a la familia de ese lugar. Visité varias hasta que encontré una que tenía tres cuartos y agua todos los días. La dueña aceptó rentar. Tenía entonces diecisiete años, dentro de seis meses sería mayor de edad.

Con el ánimo hasta el cielo encaminé mis pasos. Sería una gran sorpresa para todos: una casa nueva, un lugar mejor. Me imaginé a Belén jugando en el patio, hasta le iba a regalar un perrito. Toñito y Esperanza podrían ir a otra escuela, más cerca. Carolina ya no tendría que ir tan lejos por la ropa sucia. Luego pensé en Elena, ya con una vida distinta; la buscaría y pensé en, por qué no, casarme con ella. El entusiasmo me llenó el cuerpo de energía. Todo sería mejor.

Al llegar a la casa, la puerta estaba atrancada. Primero pensé que mi madre estaría con el Pijas, pero el llanto que provenía del interior me impulsó a empujar la puerta con fuerza. Cuando esta cedió, mi alegría cambió por rabia incontenida. Ese hombre, el Pijas, el maldito estaba sobre Carolina, la tenía casi desnuda, se le veían golpes en la cara y sus gritos eran desesperados. Sin pensarlo me abalancé sobre él, de un golpe lo arrojé al suelo. Él se levantó y comenzamos a pelear. En ese momento sentí que tenía más fuerza que él, lo derribé dándole patadas en el vientre. Al levantarse tomó el cuchillo que estaba en la mesa y se lanzó hacia mí.

—¡Maldito escuincle cabrón! Ahora sí te vas a morir.

Detuve el golpe con un brazo, sentí un corte en la piel, pero no importó. Con una fuerza que yo no conocía, sostuve la mano que tenía el arma. De pronto el destino dio la vuelta, clavé el cuchillo en su cuello, la sangre me salpicó y el hombre cayó de golpe contra el suelo. Con una cobija cubrí a mi hermana. La abracé, estaba aturdido, mis pensamientos no eran claros. Las palabras de mi hermana despertaron la hipnosis que sentía.

—¡Lo mataste, Meño!

Como cascada los vecinos comenzaron a amontonarse en la puerta de la casa. Mi madre no tardó en aparecer y nunca supe cómo llegó la policía. Las manos con sangre me delataron. La carita de Carolina era de espanto, de dolor, angustia y tristeza al ver que salía de casa esposado y acompañado de dos policías. Me subieron a una patrulla y mi madre se acercó y sin decir palabras levantó el brazo para darme la bendición, como cuando era niño, como cuando cantaba esa canción de cuna junto a la cama. La patrulla arrancó dejando una nube de polvo y la imagen de mi madre en medio de ella.

Esposa

Después del pleito con mi madre, Nico me propuso que viviéramos juntos. Le dije que sí de inmediato. A los pocos días me llevó a la que sería nuestra casa, tenía pocos muebles, los necesarios, así que se lo dije a mi madre y salí de la casa. Cuando nos instalamos me sentí realizada, ahora era mi hogar, él y yo juntos. Quise ser una buena ama de casa, me esmeré para que mi esposo, mi hombre no tuviera queja. Por unos días todo era como una fantasía, era feliz, pero nada es eterno, tampoco la felicidad.

Una noche apareció Meño en la puerta de la casa, su rostro desencajado, triste, parecía enojado. Me sequé las manos con el delantal y lo abracé. Como era lógico, sus preguntas aparecieron. Lo traté mal, lo sé, en el fondo no quería que me convenciera de volver, había algo que me decía «¡escapa!», pero no hice caso a mi intuición. Por la plática que sostuvimos me di cuenta de que Meño ignoraba que yo era su media hermana, no quise decirle, mucho menos lo que el Pijas me había hecho, tampoco que ese hombre había matado a nuestro padre, porque al menos siempre sería Dagoberto mi padre. Al cerrar la puerta cuando me despedí de mi hermano, Nico me dijo:

—No quiero ver a tu familia en esta casa, yo no voy a mantener vagos, así que mejor le dices que no se aparezca. ¿Entendiste?

Quise salir corriendo, pero mis piernas quedaron clavadas en el piso. Otra orden las hizo moverse, le serví la cena y comimos en silencio. Esa noche no hicimos el amor, no me atreví a tocarlo, lo dejé dormir. No entendía el cambio, era como si otro hombre hubiera aparecido.

Pasaron los días y supe lo que Meño había hecho. A escondidas de Nico fui a la colonia, tenía que saber de mi madre y mis hermanos. Se habían ido a otra casa. Quise ir al reclusorio para hablar con mi hermano, pero cuando se lo dije a Nico me lo prohibió. Una vecina que me encontré en el mercado me contó con lujo de detalles sobre lo sucedido. Lloré por mi hermana, ese maldito la hizo pasar el mismo infierno que yo padecí. Le pedí a Bertha que me tuviera informada, y así lo hizo, pero cuando Nico se enteró, me golpeó. Durante una semana estuve encerrada, no quería que nadie viera los golpes que tenía en la cara. Entonces era como otras mujeres, me quedé en silencio y con miedo. Hubo algo que me alegró: ese maldito estaba muerto.

Mis hermanos y mi madre se habían ido de ese barrio, al menos estarían mejor, eso quería creer para sentirme bien. Varias noches soñé con mis hermanos, en esos sueños abracé a Carolina y no quería soltarla, hasta a Esperanza, ya no era molesta, al contrario, veía su cara sonriente y platicando. En el sueño era lindo, pues ella solo emitía sonidos que aprendimos a interpretar. Mis sueños me dieron consuelo, también veía a mi madre, ahora la comprendía, ese amor enfermo por un hombre era mi espejo. ¿Por qué aferrarse a un hombre que no te da alegrías? Es algo que siempre se hace sin saber por qué.

Mis hijos

«¡Lo tuve que tirar!». Esas palabras las leí en un libro o en unos trozos de libro que encontré tirado. Casi no sabía leer, pero de aquellas historias recordé siempre esa frase. Después de deshacerme del problema, esas palabras se convirtieron en mi conciencia. Tiré al hijo que nacería sin padre, el hijo del cual no sabía cuál era el progenitor: uno estaba muerto, y el otro no lo quiso. Ese secreto lo dejé guardado en el vacío de mis recuerdos. Los trozos del libro los tenía guardados entre sábanas y montones de ropa que mal usaba. A veces lo llegué a retomar para mortificar a la conciencia.

Retomé las labores, tenía que mantener a mis hijos. Me olvidé de Ángel, por varios meses no supe de él, tampoco fui a buscarlo, entre el lavadero y la casa se me iban los días. Carmela se iba a trabajar a un restaurante en una colonia de ricos, con su sueldo y lo que yo ganaba tuvimos para los chiquillos. Belén ya no era la Bolita, la pobrecita parecía un pollo remojado, flacucho y tieso. De los demás era la misma imagen, veía a mis hijos morir de hambre. El dinero era poco; las bocas, muchas. Meño comenzó a vestir bien, en ocasiones era espléndido, traía comida para todos, y como si fueran «niños de hospicio» tragaban como si nunca lo volviesen a hacer. En cambio, había días que no sabía de él. Toñito, a pesar de que traté de mantenerlo limpio, no había forma, se iba a vagar por el barrio y aparecía cuando el hambre lo traía a casa. Otros días no había forma de levantarlo de la cama, dormía horas enteras, así como si nada. Siempre pensé que era mejor para que no pidiera comida.

Esperanza y Carolina estaban muy unidas, se entendían muy bien. Desde que era pequeña supe que Esperanza tenía un problema en el paladar, le era difícil pronunciar palabras, y Carolina era quien traducía sus deseos o, en el peor de los casos, sus necesidades. Así crecieron mis hijos, entre la inmundicia del barrio y mi brutalidad como madre.

Un día llegué de entregar una ropa, me sentía cansada, triste, me senté en la banqueta y vi cuando se perdía el sol en el horizonte. Allá a lo lejos se veían los edificios, calles y bulevares, otro mundo, lejano y ausente. Retomé el camino y vi-a lo lejos a Ángel, nuevamente junto a mi casa. Me apresuré para enfrentarlo, sentí que la rabia me subía a la cabeza. Al llegar vi su rostro, lo habían golpeado, el labio le sangraba.

—¿Qué te pasó, Ángel? —le dije alarmada.

Se tambaleó intentando abrazarme. No entendía sus palabras, sí, estaba borracho. Como pude lo metí a la casa, lo senté en una silla y busqué una toalla y agua para limpiarlo.

—¿Dónde has estado, Catalina? Te busqué y no te encontré.

—Estás borracho, Ángel. ¿Quién te golpeó de esa manera?

—¡Un imbécil! Me cachó con su mujer y pues tuve que darle una madriza. —Sentí el sarcasmo en sus palabras, entre risas y quejas alardeó su hazaña.

—¡Vaya! Ya tienes otra mujer —lo dije mientras salían los celos.

—Pues me dejaste, Catalina, yo tenía que buscar a otra, pero por esta que ninguna es como tú. —Hizo disparates con las manos tratando de invocar un juramento.

Se levantó de la silla y se acercó, poco a poco me fue dirigiendo hacia la cama, entre palabras y caricias me fue convenciendo.

La cercanía de su cuerpo volvió a estremecer el mío, recordé el calor que sentían mis entrañas al contacto de su virilidad. Mi cuerpo comenzó a arder, como antes, despertó el deseo, la lujuria por el hombre que me hacía vibrar el ser. Hicimos el amor, sus jadeos hacían juego con los míos. Era mujer otra vez, el éxtasis era parte del juego, ese hombre volvió a ser mío.

Las visitas volvieron a ser frecuentes, hasta Jacinta supo que su marido dormía conmigo, no me importó. Varias veces fue a buscarlo a la casa, él se negó más de una vez y la despachaba para que no me molestara. Cuando se dormía en casa, jugaba con las niñas y con Toñito, parecíamos una familia. A los únicos que no se lo parecía eran a Carmela y a Meño. Cuando lo veían en la casa se volvían gritos y amenazas tratando de sacarlo. Siempre lo defendí, no quería que me quitaran la única felicidad que tenía, lo que era mío.

Días después, Carmela se fue de la casa con su hombre, ahora sabría lo que era amar dejando de lado todos los prejuicios. Ángel traía dinero y aseguró la comida, yo seguí lavando y entregando la ropa. Un día llegué a casa y Esperanza estaba en un rincón llorando, no me dejó tocarla, solo Carolina pudo abrazarla, pero en ese momento ninguna de las dos entendimos el motivo de su llanto. Desde ese día Esperanza demostró miedo ante la presencia de Ángel… ¡Qué estúpida!

Preso

El juicio fue una pesadilla, casi no recuerdo nada. Las palabras que usan los abogados me resultaron incomprensibles, lo que recuerdo son frases que me persiguieron por mucho tiempo: «Debido a la ebriedad en que se encontró el muchacho, fue suficiente para desatar la furia contra un hombre desarmado, por eso aprovechó para matarlo». Los discursos se volcaron en interrogaciones, si era porque defendí a mi hermana o ya lo tenía amenazado, también se discutió si era parte de una venganza. Al final, quedé encerrado, me enviaron al reclusorio para menores. Días después, mi madre fue a visitarme, entonces le pedí que se fueran a la casa que había rentado, se habían pagado tres meses de renta. Mi madre y mis hermanos necesitaban otro lugar, lejos de ese espacio que tenía tan amargos recuerdos. Mi condena sería hasta cumplir la mayoría de edad, y eso era pronto. Mi delito expiraría en poco tiempo, era menor de edad. Eso sí lo entendí muy bien, no estaría tanto tiempo en la sombra. Pero ese encierro fue el camino para intentar el suicidio por segunda vez.

La primera noche es como un fuego que te quema las entrañas, la ansiedad de no poder moverte, salir, huir… Es como cuando las llamas te abrazan y quieres quitarlas de encima pero no puedes. Así lo sentí, como una pesada roca aplastando el cuerpo; las sombras reflejadas en los muros y el eco de burlas y llantos como remolinos entre los rincones. Pude contar cada minuto con sus horas, no pude dormir, la imagen del Pijas volvía a mis recuerdos. El rostro de dolor de mi hermana lo comparé ahora con Elena, traté de comprender, un acto era indignante y el otro seguía produciendo placer. Entonces aparecía la imagen de mi madre entre el polvo, el eco de su canto rebotó entre las sombras.

Al amanecer uno de los guardias se acercó a mi celda:

—Eres el nuevo, ¿verdad?

No contesté, mi mente seguía aturdida, la voz no quería emitir sonidos. Pero vi su sonrisa amenazadora a través de los barrotes.

Durante el día en prisión conocí a varios, todos tenían una historia que contar. La novedad fue cuando entre los presos estaban el Dientón y la Lombriz, encerrados por robar en una casa, los agarraron cuando salían —cosa de mala suerte, decían ellos—. Lo bueno de estar juntos era que podíamos cuidarnos las espaldas. El reclusorio debe ser un espacio que te brinda la oportunidad para cambiar una mala conducta, en donde los niños y jóvenes reflexionan sobre el comportamiento que llevan en la sociedad, te dedican a aprender un oficio, para que seas un hombre «de bien». Discursos políticos que quedan en las buenas intenciones, pero la realidad es otra. Lo que encontré fueron malos tratos por parte de los guardias, el manejo de las drogas entre los reclusos, las armas blancas circulan por el penal, te enseñas a defenderte como si fueras fiera acorralada, impera la ley del más fuerte. Esos meses resultaron ser los más largos de mi vida. Pensar en mi madre y mis hermanos me alentó a continuar todos los días.

Una tarde, cayó un fuerte aguacero, los charcos en el patio sirvieron para que varios compañeros los usaran para mojarse. Me uní al grupo, con el agua teníamos una sensación de libertad, de desahogo. El Dientón se revolcó en el agua, era bonito ver la manera en que disfrutó jugar en los charcos; era parte de su vida, desde que aprendió a caminar su placer era el agua. Algunos de los muchachos aprovecharon el momento para armar una pelea. Sin pensar me abalancé contra la bola, sentía los golpes y no me importó. De pronto, me agarraron por la espalda, luego un golpe en la cabeza, perdí el sentido. Tiempo después estaba en el cuarto oscuro, a solas, mojado y con frío.

Perdí la noción del tiempo, debió ser la madrugada cuando la puerta del cuarto se abrió y vi la sombra de un hombre. El frío me tenía en un rincón tratando de agarrar calor, el dolor que sentía en los huesos no me permitía el movimiento. Luego de un jalón me levantaron y a empujones el hombre me hizo caminar. Abrió un cuarto lejos de los pasillos, me aventó y caí sobre una cama. No entendía qué sucedía, de pronto un golpe en la mejilla me hizo caer. Me levantó y bajó mis pantalones. Lo siguiente fue sentir un dolor muy fuerte, las manos del hombre sobre mi pene, apretó con fuerza mis testículos para que no me moviera y sus palabras resonaron en mis oídos.

—No te muevas, cabrón, o te carga la chingada. ¡Maldito maricón de mierda!

El tiempo en la habitación resultó ser muy largo, mis piernas se doblaron. Cuando el hombre salió dejó la puerta abierta, mientras yo permanecía desnudo tirado en el suelo. ¿Qué había pasado? Traté de entender las cosas, de asimilar lo que ese hombre había hecho. Las lágrimas corrían por mi rostro, no podía detenerlas. Los hombres lloran cuando de verdad les duele el alma. Al fin me puse de pie, las manos me temblaron, pero logré subirme los pantalones. Al salir del cuarto caminé por los pasillos y llegué a la carpintería, que por fortuna estaba vacía. Encontré una soga, la tomé y en el pasillo que tenía un barandal que daba al patio, amarré el lazo y… me colgué.

Engaño

Mi hermano está preso, lo supe por una vecina que conocía a mi familia. La inquietud por ir a verlo creció dentro de mí. Nico no lo permitió, ahora yo sería madre, y era obvio que mi familia era un mal ejemplo: mi hermano, un asesino; mi madre, amante de un hombre casado, de un violador y mi padre; mis hermanos, sin educación y viviendo entre la mugre. ¿Cómo defender la situación? En una escapada fui al barrio a buscarlos. La sorpresa: ¡ya no vivían allí! ¿Dónde buscarlos? La ciudad es tan grande, y nadie quiere o no puede ayudar. Traté de visitar a Meño en el reclusorio, no pude, en esos días Nico vigiló mis pasos, así que decidí dejar pasar los días para tranquilizar las cosas y evitar que me golpeara.

Tuve que dejar pasar los días, es un error que se comete, porque pasan uno tras otro y en ellos se van los sueños, la juventud y la vida. Me dediqué al hogar, iba y venía entre los quehaceres, traté de mantenerme serena, pues Nico cada vez era más explosivo, se enojaba por nada. Si en algo lo hacía enojar, siempre recibía un golpe o el empujón que en ocasiones me hacía rodar por el suelo. Aun así, lo quería. Mantenía la casa limpia para evitar su enojo, evité mencionar a mi familia y, sobre todo, permanecía atenta para satisfacer sus necesidades como hombre.

La máscara de la infelicidad se oculta debajo de las apariencias, creía vivir de manera completa, pero la vida cambia en cuestión de segundos, ya sea para bien o, en ocasiones, para mal. Pasó una semana sin que Nico apareciera por la casa, estuve inquieta, era cuestión de días que naciera mi hijo. Me sentía cansada, con bochornos, dolor de piernas, angustia y, más que nada, tenía hambre. No quise esperar, fui al cuartel a preguntar por él. Me pasaron a la oficina de un superior, eso de las estrellas y las rayas no lo entiendo. Se presentó ante mí un hombre con el uniforme impecable, alto, de rostro moreno. Su voz era ronca y marcaba las palabras, esas palabras que me atormentaron mientras las pronunció:

—Señora, me dicen que busca al cabo Nicolás Hernández. Primero necesito saber quién es usted.

Me sorprendió la pregunta, pero al instante comprendí que era posible que no me conociera:

—Soy su esposa. Es que hace días que no aparece por la casa y quería saber si lo mandaron a alguna parte.

El hombre se removió en el sillón, exhaló profundo y contestó:

—Efectivamente, fue enviado al norte, por un cambio de regimiento, traslado que él mismo solicitó, alegando que era para estar con su esposa y sus hijos.

¡Vaya sorpresa! Quedé muda, no podía articular palabras. Comencé a temblar, las lágrimas salieron bañando mi rostro. Al ponerme de pie, las piernas se doblaron y el dolor intenso debajo del vientre me avisó, los dolores de parto se hacían presentes.

Sí, los militares me llevaron al hospital de la Cruz Roja, allí nacieron mis hijos. ¿Qué clase de Dios le da a una mujer que vive en la miseria dos hijos? Es algo que nunca logré comprender, cuando me lo dijeron traté de negarlo, ¿era una equivocación? Esa noche, en la oscuridad del reservado en el hospital, contemplé la carita de los niños, tan pequeños, indefensos, solo me tenían a mí. Lloré durante horas, ¿qué demonios iba a hacer? El hombre al cual le entregué la vida me había dejado sola. Veía la imagen de un corazón deshecho por el desengaño. Recordé a mi madre, a mis hermanos, a Meño. Ese día al menos pude comer.

Cruel realidad

¡Mi hijo lo mató!

Discutí con Ángel, quería que estuviera conmigo, solo conmigo. De cualquier manera, no tenía hijos con Jacinta y conmigo sí. Me dijo que no, salió de la casa y no regresó. Sentí la seguridad de que volvería. Siempre lo hacía. Días después, en una de las casas entregué la ropa como cada semana. Al regresar, a lo lejos vi a los vecinos hechos bola en la puerta de la casa. Una patrulla me alcanzó el paso, la polvareda cerró la claridad, aceleré el paso. Al llegar tuve que abrirme paso entre las personas. Al entrar vi a Carolina envuelta con una cobija, Esperanza se abalanzó hacia mí, Toñito y Belén lloraban en el otro cuarto, mientras a Meño dos policías lo tenían esposado.

Entonces vi a Ángel tirado en el piso, en un charco de sangre. Las imágenes me confundían, ¿qué había sucedido? Salí detrás de los policías, subieron a Meño en la patrulla, me dijeron a dónde lo llevarían. Entonces vi el auto alejarse, traté de darle la bendición, pero una nube de polvo se levantó ante mis ojos, evitando que viera el rostro de mi hijo.

Se llevaron el cuerpo y tuve que acompañar a Carolina a la delegación, la iban a revisar. Los otros se quedaron con Chela, una vecina. En la delegación me enteré de lo sucedido: Ángel violó a Carolina. Ese hombre que yo creía amar, por quien había desafiado hasta mis principios y moralidad. Mis sentimientos rodaron hacia un pozo profundo de desilusiones. A Carmela también, y era muy probable que Esperanza hubiera pasado por lo mismo. Vivía bajo mi techo el verdugo de mis hijos. Lo comprendí… ¡Qué estúpida! Me convertí en la peor de las madres, fueron más importantes mis sentimientos como mujer que el instinto materno.

«¡Mi hijo lo mató!», lo repetí muchas veces. Defendió a su hermana, pero lo mató. Le dejé la responsabilidad a él y ahora era un asesino. Al regresar a la casa recogí a los niños y Chela estuvo conmigo hasta que cayó la noche. Era una buena mujer, pero también muy metiche, por ella supe del velorio de Ángel. Sentí impulso de ir, de despedirme, pero el enojo conmigo me detuvo. Esperanza me miraba con sus ojitos adormilados, quise saber si la desgracia también era de ella, no me atreví, la cobardía pudo más. Los días del juicio parecían interminables. Lo sentenciaron, era menor de edad, fue en defensa propia, solo pasaría unos meses en el reclusorio para menores; cuando cumpliera dieciocho años estaría libre. Me quedó una esperanza. Lo visité solo una vez. La culpa me perseguía. La sorpresa fue cuando me dijo que teníamos otra casa. Empaqué y decidí comenzar de nuevo, pese a la culpa que cargaba. Tenía que acumular mis penas sobre la conciencia.

Venganza

El sol dio en mi rostro con intensidad. Al abrir los ojos reconocí el lugar, era la enfermería. Vi al Dientón junto a la cama.

—¡Te pasas, carnal! ¿Por qué *chingaos* te colgaste, cabrón? Si los guardias no te ven, ya estarías en los infiernos, eres un pendejo.

Las palabras dieron vueltas como remolinos en la cabeza, el sonido llegó de manera difusa. Sentía el cuerpo caliente, pero me hacía temblar el frío. El enfermero se acercó para decirme:

—¡Ah, qué muchacho este! ¿Se puede saber qué locura traes en la cabeza? Esas no son maneras de salir de los problemas. Además, tienes una gripa muy fuerte, traes fiebre, debido a una infección en la garganta. Te tocan vacaciones de tres días. La psicóloga te vendrá a buscar. Mientras tanto, aquí te quedas, mi chavo.

Tenía las manos atadas a los barandales de la cama. La enfermería era un lugar tranquilo, ahí los guardias no eran molestos. La luz del sol se veía a través de las ventanas, sentí una extraña tranquilidad, una calma donde las horas son más largas. El día se extendió como si no quisiera terminar. A los chicos la enfermería les parecía el paraíso. Se comía sin estar peleando por el plato, nadie escupía la comida, con esa calma se disfruta el «manjar». Era extraño, nadie preguntó el motivo del suicidio, tal vez ni yo lo sabía. Todo era confuso. Mientras dormía venían las sombras, las palabras y nuevamente el miedo. Las lágrimas bajaron por las mejillas. Era extraño, pero durante esos días la canción de cuna se repetía sin cesar en mi cabeza, recordé cada palabra, el ritmo y el tono en que la cantó mi madre:

Duerme, pequeño, que el sol se perdió.
La luna te invita a dormir y a soñar,
la aurora te espera en un campo feliz
para que puedas cantar.
La cuna en mis brazos te arrullará
y esta canción soñarás.
Duerme, pequeño de mi corazón.
Duerme con esta canción.
Mi arrullo tu sueño será,
un lugar para soñar.

Sentí la necesidad de ver a mi madre, ya no había vuelto, no sabía nada de mis hermanos. Para esos días, la renta se había vencido, ¿tendrían ahora para pagarla?, ¿estarían todavía en la casa? Imaginé a la Bolita, a Toñito y a Esperanza jugando en la puerta de la casa. «Y Carolina, ¿cómo estará?». Sabía que su alma estaba rota. Sumido en mis pensamientos no percibí la presencia de la psicóloga, ¡gran sorpresa! Estaba frente a mí aquella mujer que años atrás me atendió por mi primer suicidio, de eso ya habían pasado tres años. ¡Claro!, la primera vez fue un juego, pero ahora las cosas eran diferentes, ahora sí intenté quitarme la vida.

La mujer era muy sensual, no podía dejar de contemplar sus piernas torneadas, el pelo largo que le cubría la espalda y tras la blusa se levantaban los senos redondos cual melones. Mientras ella hablaba, yo solo contemplé su belleza, entonces recordé a las mujeres con las que había estado, claro que ella era más joven, su belleza era superior. Mientras me dio indicaciones sobre las consultas a las que debía asistir, me di cuenta de que no me recordaba. Era lógico, solo era alguien más con problemas, no había motivo para recordarme.

Los tres días pasaron y cerca del atardecer salí de la enfermería. El guardia me encaminó al consultorio de la doctora, al abrir la puerta pude escuchar sus palabras:

—¡Si dices algo, te mato, cabrón!

Entonces supe quién era el hombre en la oscuridad del cuarto. Con esas palabras mi boca quedó sellada, esas amenazas tenían repercusiones serias: hablar sobre lo que hizo era casi amanecer en los corrales con una soga en el cuello o con golpes, metido en los tambos. Los guardias tenían muchas maneras para simular un accidente o una venganza de bandas. Me senté en el sofá, la doctora me dio un poco de agua. Tomé poco a poco, estaba fresca, la sentí como un pequeño manantial de frescura.

—¡Bien, Manuel! ¿Cómo estás? Supongo que tienes algo que contarme.

—¿Algo? ¿Como de qué?

—¿Por qué te querías matar? Y no vuelvas a decir que era un juego. —Mis ojos impactaron contra los suyos, eran radiantes, luminosos, me provocaron una alegría extraña—. Cuando vi tu expediente me acordé de quién eras. El juego en el puente no te hizo reflexionar, digamos que en esa ocasión solo fue el susto. Ahora es diferente, casi pierdes la vida, estuviste inconsciente mucho tiempo. Tus amigos te bajaron, ¿lo sabías?

¿Acaso me recordó? No pude o no quise pronunciar palabra, dejé que ella hablara. Parecía un tonto frente a ella, como si pudiera leer mi mente, poco faltó para que pudiera ver mi alma.

—No encuentro la razón de lo que hiciste, a quince días para salir de aquí. Pronto regresarás a tu casa, verás a tus amigos, a tu madre, a tus hermanos. Me imagino que tienes una muchacha enamorada. Tu crimen fue en defensa propia, salvaste a tu hermana, entonces no entiendo, ¿qué es lo que te preocupa? —Hizo una pausa, me miró fijamente y dijo—: ¿Acaso alguien te hizo daño? ¿Algún guardia te amenazó? —Guardó silencio, luego dijo—: ¿Han abusado sexualmente de ti?

Entonces grité en silencio: «¡Me violaron! ¡Me violaron!». Escuché la voz del guardia retumbando: «¡Si dices algo, te mato, cabrón!». Luego contesté:

—No, no pasó nada. Estaba jugando.

Se puso de pie y el tono de voz cambió:

—¿De veras crees que te voy a creer? —Hizo una pausa y dijo—: Manuel, lo que digas aquí nadie lo va a saber, incluso si acusas a los guardias, a un compañero o a alguien más. Nuestra conversación es privada, lo que yo escuche nadie lo sabrá. ¿Entiendes lo que te digo?

Solo respondí:

—Ya le dije, no me pasó nada.

—Está bien, Manuel, no voy a insistir. Pero como parte de la terapia y el hecho de que pronto quedarás libre, necesito que vengas todos los días a esta hora para platicar un rato como amigos. —Lo dijo mientras extendía su mano para apretar la mía.

Entonces sonreí.

—Tienes una bonita sonrisa, te ves atractivo.

Sonreí y salí del consultorio.

En el patio estaban los cuates, esperándome. Al verlos sentí alegría, como si no los hubiese visto desde hacía mucho tiempo.

—¿Qué honda, cabrón? De seguro ya te llevaron con la mamacita de la psicóloga. Eres un desgraciado, te quisiste matar nada más para ir con ella.

—¿A poco crees que ella será una de tus conquistas? —El Dientón se burló sacando sus enormes dientes.

—Ni que tuvieras tanta suerte. —La Lombriz hablaba de bulto, me dio un golpe en la cabeza.

Por un buen rato siguieron burlándose, las bromas y los chistes cambiaron de tono, estuvimos carcajeándonos hasta que el timbre sonó y era tiempo de regresar a las celdas. El sonido nos trajo de golpe a la realidad, a nuestra realidad. Formados seguimos a los demás, cada uno se iba metiendo en su jaula, un espacio que compartíamos con dos o más compañeros, casi nunca estuve solo. Esa noche las sombras aparecían entre las paredes, el eco de las palabras retumbó en los rincones de la celda. Desperté varias veces durante la madrugada, tenía la sensación del dolor, de las manos que me sostenían, lo apretado de la soga en mi cuello. Me desperté sintiendo la falta de aire, el sudor me invadía el cuerpo. Lo que dije fueron palabras que se escaparon de mis pensamientos, el grito salió de mi boca:

—¡Ese maldito de Juárez me las va a pagar!

Los quince días para mi salida se volvieron monótonos y aburridos. Después del desayuno acudía con la psicóloga a la terapia, hablé de todo y de nada, preguntó por mi familia, a qué me dedicaba estando afuera; claro que eso no se lo conté, no quise que se asustara o diera por terminadas las terapias. Me encantó verla con el vestido detrás de la bata, sus curvas se delineaban al movimiento y bajo la luz podía verse lo voluptuoso de sus pechos. Cuando vestía pantalón era un gran placer verla caminar. El pelo largo era el toque final para mostrar completa la sensualidad que ella poseía. ¡Era perfecta! Estar cerca y aspirar el perfume de flores que usaba hacía volar mi imaginación y, por supuesto, la pasión que se acompaña de lujuria, así que por las noches me llegué a masturbar.

En esos días me enteré de que la doctora era hija de un magistrado, o sea que era intocable por cualquier persona dentro y fuera del reformatorio, por eso los guardias no se atrevían ni a mirarla. A veces las personas que toman la posición más baja de la sociedad tienen el privilegio de contemplar el cielo cuando otros temen por su seguridad. La marginación en la que se encuentran quienes cometen errores y ya no temen perder nada, pues eso es lo que tienen, nada.

Días antes de mi salida, la Lombriz se acercó durante el desayuno. Comenzamos a platicar de boberías típicas entre los dos, después la conversación tomó seriedad, entre burla y juego.

—¡Ya me harté de estar aquí! Tú te vas el sábado, pero a mí me cuelgan tres meses más, nomás porque el pinche tendero me cachó robando el dinero de la tienda.

—Te pasas, después de que te dio trabajo. ¿Cuánto era?

—Cinco mil pesos, ni era tanto, nomás que ya me traía ganas el cabrón. Me cachó cogiéndome a su sobrina.

—¿A Diana?

—No, a Josefina. Era bien piruja, siempre me estuvo buscando y pues yo solo le di lo que pedía. ¿Te imaginas si me hubiera visto con Elena?

—Si hubiera sido ella, te habría matado, cabrón.

—Lo sé, Elena era intocable, todos lo sabíamos, aunque, ya sabes, era la mejor tentación. Ella sí era virgen.

¡Elena!… ¡Elena! Su nombre removió mis recuerdos. Desde el encierro no había vuelto a pensar en ella, a los pocos días que estuve en la tienda me apresaron. Por una lógica pensé que no le había dicho nada a don Juan, si no ya habría venido o me habría acusado de violación. Creo que en eso tenía mucha suerte.

—Pero dime, carnal, ¿por qué te ibas a matar? No me salgas con que no te acuerdas, a mí no me cuentas tus pendejadas, quiero la verdad.

Sentí que la sangre se helaba y hervía al mismo tiempo. Su mirada se fijó en mí. Ni siquiera a la doctora le dije la verdad y la Lombriz pretendía que a él le contara. Permanecí en silencio, las palabras no encontraron la articulación necesaria para salir bajo el efecto del sonido. Al ver que no respondía, comenzó a contarme:

—Tú no conociste a Sergio, él estaba aquí porque pertenecía a una pandilla. Los agarraron a él y a su bola por vender drogas y *pos* aquí lo conocí, era mi cuate, en poco tiempo fuimos como hermanos. Un día lo llevaron al solitario por esconder debajo del colchón un cuchillo que agarró de la cocina. Estuvo ahí tres días, y cuando salió lo primero que hizo fue pedir hablar con el director. Me pidió que lo acompañara. El viejo cabrón no quería, pero Sergio insistió y tuvo que atendernos. Cada palabra que dijo me sorprendió, tenía los pantalones para delatar a uno de los guardias, el maldito de Juárez. Ese cabrón lo había violado los tres días que estuvo encerrado, además lo amenazó. Nunca lo vi llorar, ese día lo hizo y delante de otro hombre.

Solo observé mientras la Lombriz seguía con su relato:

—Me cae que tenía los huevos bien puestos. El director le dijo que iba a averiguar los hechos. Dos días después lo encontraron ahogado entre los tambos de agua, que disque se cayó y no pudo salir. Me rebelé, le grité a Juárez delante de todos lo que había hecho, me dieron una buena paliza y me encerraron cuatro días. Tenía miedo, cada vez que abrían la puerta pensé que era Juárez. El último día me sacó Fulgencio. No la vi venir, carnal, me llevó a una de las habitaciones de las que están lejos de los pasillos y los cabrones me agarraron entre los dos. Aparte de la golpiza, los malditos maricones me tomaron como puta de barrio. Por eso ya no aguanto más este lugar, necesito escapar; pero primero te juro que los mato.

El timbre nos sacó de los pensamientos. Vi como sus palabras se encaminaron hacia el horizonte, quedamos en silencio. Los recuerdos, unidos a los míos, nos dejaron a los dos en ese cuarto oscuro.

En las regaderas de agua fría, solíamos hacer bromas sobre lo grande o pequeño del pene, pero si veíamos a los guardias tratábamos de escondernos y no quedar al alcance de ellos. Había aprendido a ver las miradas de mis compañeros, más de uno había sido víctima de esos cerdos, todos querían escapar y salir, pues en algún momento desearon la muerte. La Lombriz y el Dientón, unidos con Carlitos y el Sebas, mientras enjabonábamos el cuerpo comenzaron a platicar lo que tenían planeado.

—Mañana te sueltan, Meño. Sabemos que las puertas del corredor las abren, de seguro van a estar Juárez y Fulgencio. Dicen que les gusta despedirse, los llevan a los cuartos oscuros y después de hacer de las suyas los sueltan, pero eso no te va a pasar si nos ayudas.

No lo pensé:

—¿Qué quieren que haga? —contesté tragando saliva.

—¡Mira, compa! Tú como si nada, te dejas llevar como manso cordero. Nosotros ahí los vamos a esperar —dijo el Sebas.

—Pero ellos traen pistola.

—Vamos a esperar a que se las quiten, se tienen que desfajar los cabrones, así que tú solo espera.

—Toma la navaja, escóndela bien. De todos modos, como vas de salida ya no te registran. Tú también vas a cooperar, mereces un desquite, ¿o no? —El Dientón sacó una navaja de entre las toallas.

Quedé mudo sintiendo el frío de la navaja en la mano, un escalofrío de miedo y coraje recorría el cuerpo. La imagen del cuchillo con el que maté al Pijas hizo que volvieran los recuerdos. Las manos me sudaban y recordé esa furia cuando maté por primera vez. Por la noche, ya en la celda, recogí las pocas pertenencias y dejé guardadas mis cosas en una caja; sabía que temprano me llamarían para preparar la salida. Cumplía dieciocho años, tendría por fin la mayoría de edad, el delito expiró; entonces sentí deseos de salir corriendo para buscar a mi madre, a mis hermanas, a los cuates. La necesidad por verlos sobrepasaba mi alegría. Pero la idea de volver a estar en manos de Juárez y, para colmo, de Fulgencio no me permitía dormir. Soñé que los guardias entraban en la celda, que los cuates no estarían ahí para salvarme, sentía mis manos apretando la navaja, pensé a quién apuñalar primero. El amanecer me sorprendió y en esos momentos solo deseé ya estar afuera… y lejos de este infierno.

Toñito

La casa nueva tenía tres cuartos. Los niños se adaptaron pronto al nuevo hogar. Tuve que buscar nuevas clientas para lavar la ropa, hubo días que no teníamos qué comer. Desde que Carmela se fue la comida escaseaba con frecuencia. Por las noches la conciencia se hacía presente. Meño estaba en ese lugar, era mi culpa, quise visitarlo, pero ir al reclusorio era un viaje de todo el día, sin dinero para autobuses, ni pensar en un taxi; además, no tenía el valor de verlo a la cara, tenía miedo. Ahora solo tenía a los niños. Carolina pasó a ser la mayor en la casa y como tal hacía los deberes. Toñito seguía igual, sucio, vagando por las calles casi todo el día. Esperanza trató de hacerlo a su modo, pero fue inútil, y Belén crecía en medio de toda esa pobreza.

Algo me pasó, tenía unos fuertes dolores de cabeza, dormía horas enteras, a veces no distinguía entre el día y la noche. Mientras dormía escuché el llanto de los niños, sus gritos tratando de despertarme, pero mi cuerpo no quería reaccionar. Un día desperté y un hombre de bata blanca estaba junto a mí, me hacía preguntas, pero las respuestas no salían de mi boca.

—¡Señora!, ¿me escucha? —El hombre insistía mientras una pequeña luz me daba en la cara—. Necesito que me diga si me escucha, ¿entiende lo que le digo?

—Sí, sí, entiendo —contesté al fin.

—Estoy aquí porque sus hijas me hablaron, no podían despertarla.

Me interrogó tratando de comprender los hechos. Al calmarse los ánimos y cuando estuve en condiciones de contestar lo acepté.

—Tengo días que me duele la cabeza, me mareo y me quedo dormida —traté de contestar con la verdad, era el momento de enfrentar la realidad.

—Cuando duerme, ¿escucha algo?

—Sí, oigo a los niños cuando me hablan, pero no puedo abrir los ojos o contestar.

—Bien, entonces quiero que vaya al centro de salud que está aquí abajo, tenemos que revisarla bien y hacer algunos estudios.

—Pero yo no tengo dinero.

—En ese caso, primero debe ir con la trabajadora social, le harán un estudio socioeconómico para evitar los gastos.

Observé al joven médico que me atendía, parecía sincero, luego vi de reojo la cara preocupada de Carolina y prometí a los dos asistir a la clínica.

Acudí con puntualidad al centro de salud. Como dijo el médico, la trabajadora social me preguntó muchas cosas y dijo que me harían todo el servicio sin costo. Días después acudí con el doctor y me envió a realizarme análisis de sangre, de orina y otras cosas, ahora solo era esperar los resultados. Con el medicamento me sentía mejor, dormía un poco menos, aunque a veces sentía mucho cansancio. Ese día le pedí a Carolina que fuera a dejar la ropa, me sentía mal, y Esperanza se ofreció a acompañarla. Por fortuna, Belén dormía. Cuando se fueron aproveché que Toñito se quería bañar, preparé el balde grande, pues quería nadar un poco, no me pareció mal. Lo contemplé en el agua, se veía contento, así que lo dejé en la tina…

Escuché gritos, voces, el llanto de Belén con gran fuerza en mis oídos, las voces de Carolina y Esperanza peleando con la gente. ¿Por qué había gente? Entonces me levanté de golpe y grité:

—¡¡Toñito!!

Lo tenían sobre la cama, su piel era morada, y cuando me acerqué su cuerpo estaba muy frío, tanto que al tocarlo sentí un relámpago electrizándome el cuerpo. Entonces lloré, los gritos y las lágrimas salieron. Quise despertarlo, no pude. ¿Qué había pasado? Unos policías me levantaron y colocaron esposas en mis manos. Mis hijas lloraron, todo era tan confuso. Al subir a la patrulla comprendí, ¡había matado a mi hijo!

Fuga

Muy temprano llegó uno de los guardias, me indicó tomar mis cosas y me acompañó hasta el consultorio de la psicóloga. Mientras avanzábamos por el pasillo tenía miedo de que cambiáramos de rumbo, la navaja estaba en el cinto, lista para sacarla en caso de necesitarla. Por fortuna no pasó nada, llegué a la enfermería y la doctora me esperaba. Me gustó verla, ese día lucía un hermoso vestido azul, con un poco de escote. Al cruzar la pierna, el vestido se deslizó suavemente sobre el muslo, dejando ver lo torneado de la pierna. Mientras me explicó el procedimiento de salida, no dejé de ver sus labios, suaves y carnosos, su pelo tenía un brillo de luz como rayos que se asoman por la ventana.

—Espero volver a verte en otras circunstancias. No vuelvas a hacer lo que hiciste, tu vida es muy valiosa, ¡deja de jugar! —dijo mientras dibujó en su rostro una sonrisa—. ¿Quieres decir algo?

—Es usted una mujer muy guapa, estoy enamorado de usted. —Palabras estúpidas en el peor momento, pero no tuvieron eco, ella solo dijo:

—Estudia, busca un trabajo, busca a tu familia, busca una novia, ¡sé feliz! —Me tomó de la mano y yo sentí por primera vez la caricia como de un pétalo suave y tibio, entonces mis ojos quedaron fijos en los de ella. El instante se fue, pero quedó grabado para siempre.

—Ahora debes ir con el director por tus papeles para que puedas irte. ¡Suerte, Manuel!

Salí del consultorio todavía flotando en una nube. Llegué a la dirección y la secretaria me dio la orden de esperar.

—Esto suele tardar unas horas, así que no desesperes.

Escuché y me senté a esperar. Vi personas entrando y saliendo, se hacían llamadas, llegó el abogado de oficio, se fue y regresó después de una hora, la secretaria llenó hojas y hojas mientras el abogado dictaba. Tenía hambre, ese día no había ido al comedor, pensé en ir, pero no podía cambiar los planes. A cada minuto el estómago me gruñía y los nervios tensaron con fuerza las venas. Casi tres horas después me hicieron pasar al despacho. Después de un largo sermón sobre mis derechos y obligaciones, firmé los papeles que aseguraron que sería libre. Guardé los documentos en la caja y me indicaron:

—Juárez lo acompañará a la salida. Que tenga usted una buena vida —dijo el director acomodándose el saco.

La navaja estaba en el cinturón, el guardia me recibió con una sonrisa. Salimos del edificio y comenzamos a caminar por los pasillos. Sabía que de un momento a otro cambiaríamos el rumbo. Entonces apareció Fulgencio y sentí la fuerza de sus brazos en mis hombros.

—Así que ya te vas, mariquita. Pues vamos a despedirte como se debe —susurró Fulgencio en mi oído.

La caja resbaló de mis manos y quedó en el pasillo, a empujones entré en la habitación y me aventaron sobre la cama. Saqué la navaja para defenderme. La puerta del cuarto se abrió y mis compañeros entraron. El Dientón traía un palo grande que dejó caer sobre la cabeza de Fulgencio, con todo su peso cayó al suelo. Juárez sacó la pistola, y la Lombriz se abalanzó para quitársela de las manos. Un disparo salió del arma, otro más hizo estruendo entre las paredes. Con la navaja en la mano dejé caer todo su peso en el cuello del guardia, la sangre brotó y sentí mis manos llenas de ella. El disparo alertó al penal. El Dientón estaba tirado en el suelo, la primera bala cayó sobre su pecho. Me agaché para ayudarlo.

—No seas pendejo, ¡lárgate de aquí! —La Lombriz me levantó sacándome a empujones.

En el pasillo recogí la caja y seguí mi camino hacia la puerta. Me limpié las manos lo más que pude con una playera que traía entre mis cosas, la guardé al fondo y seguí el camino hacia la salida. La Lombriz me alcanzó y se escondió cerca de la puerta. En eso se escuchó la alarma y los policías corrieron al llamado. Salí del penal. La puerta tardó en cerrar, vi como la Lombriz saltó la barda y comenzó a correr sin rumbo fijo. En ese instante me convertí en hombre libre, y la Lombriz en un prófugo.

Casa nueva

Tuve a mis hijos y regresé a casa. En la puerta encontré un aviso del casero, tenía que desocupar la vivienda. Me di cuenta de lo sola que estaba, no tenía comida ni ropa para los niños, no tenía trabajo y ahora ni casa. ¿Quién le iba a dar trabajo a una mujer recién parida? Además, ¿dónde iba a dejar a los niños? Entonces extrañé a mamá, me puse a llorar como cuando era una chiquilla. La realidad la tenía frente a mis ojos: Nico me había engañado y ahora estaba sola y con dos hijos.

¡Tenía hambre! ¿Cómo alimentar a dos niños si uno mismo no tiene la fuerza necesaria para sobrevivir? Mis senos estaban secos, la poca leche que producían no alcanzó para los gemelos. A veces iba a la tienda de la esquina y pedía un bolillo, aunque fuera de un día anterior. Sí, un pan duro, seco, mosqueado. El dueño de la tienda comenzó a regalarme otras cosas, como pan del día, un poco de leche, algunas frutas. En ese momento lo agradecí, creí en la bondad del hombre. Días después se presentó en la casa y quiso cobrar el favor. Apestaba a alcohol, su gordura me hizo vomitar, lo saqué a empujones hasta la calle. Le grité, le pegué una cachetada y los vecinos se dieron cuenta. La mala al final fui yo.

Al día siguiente el casero golpeó la puerta con fuerza, exigía el pago de la renta de manera inmediata. No tenía dinero, le expliqué lo sucedido, el abandono de Nico, el nacimiento de mis hijos. Fue inútil, me obligó a sacar mis cosas de la casa, solo lo indispensable, los muebles se los quedó como cobro por los pagos atrasados de la renta. Arreglé la ropa, con una reja hice una cuna provisional y salí del lugar con rabia, tristeza, incomprensión ante la situación, y mis pasos siguieron hacia el fondo de la calle, sin rumbo, sin destino, con una responsabilidad, con dos vidas, tres destinos. ¡Tenía hambre, mucha hambre!

Por la tarde me senté en una esquina, contemplé a mi alrededor y vi varios locales que ofrecían comida. Pedir algo para comer, ¿hasta dónde había llegado? Si tan solo supiera dónde encontrar a mi madre y a mis hermanos… Pensé en Meño, tal vez ya estaría libre, había perdido el sentido del tiempo. Una leve esperanza cruzó mis pensamientos: sí, era probable que estuvieran juntos, al menos tenía una leve alegría. Me acerqué a una de las fondas a pedir trabajo, no hubo respuesta. El sol se perdía en el horizonte y llegué a pedir algo para comer a una mujer que atendía un puesto de tacos, el aroma de la comida me levantó el ánimo.

—¡Señora!, ¿me regala un taco?

La mujer me miró de reojo. Pensé en lo que diría, pero en mi mente ya estaba la súplica.

—¿Y por qué te lo voy a regalar?

—Por favor, tengo hambre y mis hijos también.

—¿Traes a tus hijos en una reja? Oye, no son perritos.

Comencé a llorar, a suplicar, y como eco los niños también lo hacían. El llanto de los tres logró que la mujer accediera, me ofreció unos tacos que devoré ante sus ojos. Me ofreció pasar y en un rincón estuve alimentando a los niños. Cuando logré dormirlos me ofrecí a lavar los trastes. Ella aceptó y comencé con las faenas, la ayudé con todo lo referente al restaurante. Me ofreció trabajo y un cuarto. Entonces mi vida tomó otro giro, por lo pronto tenía comida y un lugar donde dormir.

Realidad y mentira

Salí de prisión a mediodía. Por la tarde me di cuenta de lo grande que era la ciudad, los edificios, las calles y las avenidas parecían eternas. Recordé que a la correccional para menores llegué en patrulla, en ese momento me pareció cercana, tal vez era la sensación de no querer llegar, y ahora todo estaba muy lejos. No traía dinero para tomar el metro o un autobús, cuando te sueltan lo hacen como si fueras un perro, sales sin rumbo fijo, con el estómago vacío, pero con las ilusiones lanzadas al viento.

Por la tarde llegué a la casa donde se suponía que estaría mi familia. Toqué varias veces, pero nadie respondió. Una mujer me gritó desde la casa de enfrente, era malgeniuda; no le agradé, era un intruso.

—¡Eh, tú!, ¿a quién buscas?

—A una señora que vive aquí, con tres niñas y un niño. ¿No sabe a qué hora regresa?

—¡Ah, sí! Hace unos días que se las llevaron. Bueno, primero se llevaron a la mujer, la desgraciada mató al chamaquito, lo ahogó en la tina.

Mis ojos cayeron como destellos de fuego sobre ella, ¿de qué diablos estaba hablando?

—¿Cuál chamaquito? ¿Toñito?

—Yo no sé cómo se llama, pero la taruga se quedó dormida y el chiquillo se ahogó. La llevaron a la cárcel de las mujeres.

El mundo caía sobre mí, era como si los edificios aplastaran mi insignificante humanidad. Quería salir corriendo, pero las piernas no respondían, un imán las paralizó. La mujer se metió a la casa, dijo otras cosas, pero ya no entendí. El viento revolvía las imágenes en la mente, eran remolinos perdiéndose en la oscuridad del día. Caminé durante horas sin rumbo fijo, los pasos me llevaron al barrio donde crecí, quería encontrar respuestas. En las calles solo el ladrido de los perros hacía ecos que aturdían. Reboté unas piedras con los pies. Llegué al portal de unas ruinas, en el rincón acomodé el cuerpo y dormí esa noche en el lugar.

La lengua de un perro lamía mi cara. Desperté cuando el sol ya estaba muy arriba, el estómago me gruñía, pensé en buscar, buscar... En algún lugar tenía que comenzar a buscar. En ese momento pensé en Belén, en Caro, en Esperanza. ¿Dónde estarían? Tal vez en casa de Carmela. «Sí, tienen que estar allí», me respondí a mí mismo. Antes de iniciar la búsqueda de mis hermanas aproveché que estaba en el barrio y fui a buscar a los cuates. Recordé que la Lombriz se había escapado y tenía que avisarlos. Al pasar junto a la casa del Dientón, había un cúmulo de gente viendo a los hombres bajando el ataúd. Quedé pasmado, la madre de mi amigo lloraba de manera desconsolada. Varios vecinos se dieron cita en el lugar, las condolencias se amotinaron hacia la mujer. Yo no pude, no tenía el valor de acercarme.

—¿Meño? —La voz me hizo voltear y salí de mis pensamientos.

—¡Chita! —exclamé al ver personas conocidas.

—¿Cuándo saliste? ¿Que no estaban el Dientón, la Lombriz y tú en el mismo reclusorio?

—Sí, pero... salí hace días —mentí—. Me soltaron el lunes por la mañana y ellos se quedaron en el reclusorio.

—Dicen que al Dientón lo mataron unos guardias, porque quiso fugarse, y la Lombriz ni sus luces, lo están buscando.

Quise gritarles y decirles que no era verdad, decir que lo mató el policía porque me defendió, pero para eso tenía que contar todo lo demás. En ese momento el silencio ayuda. Yo era libre, era preferible enterrar las cosas, olvidar, dejar atrás esa parte de mi vida.

No tardaron en llegar los cuates, me dio gusto verlos. Los abracé, sentí una necesidad inmensa de un abrazo, comprendí que rara vez en mi vida recibía abrazos para dar ánimos y reconfortar. Recordé los brazos de las mujeres con las que tuve relaciones sexuales, pero eso era otra cosa.

—¡Ese Meño! Así que ya eres mayor de edad, ¿verdad, cabrón?

—¿Supiste lo que hizo tu mamá?

—¡Cállate, güey! Ya le arruinaste el festejo, de por sí con lo de la muerte del Dientón y tú con otras cosas.

—Ya supe lo que pasó, me enteré ayer en la tarde, por eso vine al barrio, para ver qué sabían, y pues me encuentro con esto. Eso de ser mayor es como abrir los ojos a la porquería de vida que llevamos.

—¡Cálmate, Meño! Ya sabes que nacimos jodidos y jodidos nos vamos a morir, eso ya lo sabemos.

Todos aseguraron lo que el Pascuas decía; después de todo, seguía siendo el sabio de la pandilla. Cuando terminaron de meter el cuerpo entramos para comenzar el rosario. Era extraño, pero sentí ganas de rezar. Nunca fui muy devoto de elevar plegarias al cielo, pero era mi cuate, al que prácticamente vi morir. Mientras transcurría el rezo, sentí lágrimas rodando por las mejillas. Los recuerdos volvieron a mí, recordé verlo tirado en el piso. Por un momento sentí el remordimiento por no ayudarlo. El aroma de las velas y el calor que se juntó en el cuarto me provocaron un mareo, el cuarto dio vueltas alrededor. Traté de salir para tomar aire, vi los pies de las personas ante mis ojos… Al despertar, los ojos cafés de Chita me miraron. Sentí un alivio por estar en casa, en el barrio, entre la gente que quería. Solo faltó mi familia.

Chita siempre fue la rebelde del barrio, era buena en el fútbol y sabía pelear, con eso logró defenderse de cualquier gandaya. Era la novia del Sapo, el canijo decía que aparte de broncuda era muy caliente. También era amiga de Elena. Afuera de la casa nos sentamos en la banqueta y comenzamos a platicar, en ese momento quise saber de la hija del tendero.

—¿Qué te pasó Meño? ¿En la cárcel no te daban de comer? Estás muy flaco.

—Pues ya sabes, en el reclusorio nunca comes bien, la comida es una porquería; aparte tienes que pelear por ella. Además, desde ayer no he comido nada.

—Me hubieras dicho, ¡mira!, traigo una torta de frijoles.

Chita sacó de la mochila la torta y se levantó por un poco de agua. Mientras mordía el bolillo con fuerza, le pregunté:

—Y tu amiga Elena, ¿dónde está? No ha venido, ¿estará en la tienda?

—¡De veras que estás retrasado de noticias! La Elena salió embarazada y se casó con el Sapo. A la pobre la violaron y pues mi novio se volvió valiente y se hizo cargo de ella y del escuincle.

—¿Te dijo quién la violó? —El sudor corría por mi cuerpo, pero traté de disimular.

—No, tampoco a don Juan. El viejo primero la golpeó cuando supo que estaba de encargo, y como al Sapo siempre le gustó, se echó la culpa.

Durante el tiempo que estuve en la sombra, no volví a recordar a Elena, pero las palabras de Chita me arrojaron a la cara una verdad que no quería asumir: yo violé a Elena, y ese niño tenía que ser mío. Agaché la cabeza para evitar delatarme.

—¿Sabes? Cuando supe lo del niño pensé que era tuyo, ella me dijo que eran novios y a veces los veía cerrar la tienda, pues me imaginé que lo hacían. Después salió con lo de la violación. Yo creo que lo hizo para no delatarte. Porque cuando le pregunté por ti, me dijo que no quería ni escuchar tu nombre. ¿Pues qué le hiciste?

—Nada. —Me puse de pie y vi llegar a los cuates.

A media tarde acudimos al cementerio para despedir al Dientón. Entre lágrimas de la madre y sus hermanos vi caer el féretro en el fondo de la fosa. La libertad le da a uno otras expectativas, sentir el aire fresco en el rostro, ver personas conocidas, poco a poco la imagen del reclusorio comenzó a desaparecer. Por la tarde el Pascuas me acompañó a casa de Carmela, quería saber de mi familia. Al llegar a ella descubrí que ya no vivía en ese lugar. Otras personas vivían allí y no daban razón de mi hermana ni de nadie. La soledad de un náufrago en una isla desierta era similar a la desolación que sentía. Buscar, buscar, pero ¿por dónde empezar? La ciudad es tan grande y los barrios pobres abundan…

El primer lugar para buscar era la cárcel de mujeres. Era jueves, día de visitas, me apresuré para ser de los primeros. Pasé todos los protocolos de seguridad, solicité a la interna, pasé por revisión, me asignaron un espacio, vi como otras personas traían comida y cosas personales para las mujeres; mis manos estaban vacías. El tiempo comenzó a pasar muy lento, fijé la mirada en el reloj de pared con el movimiento de la manecilla. Mis recuerdos volaron años atrás, a veces mamá contaba partes de su vida.

Recuerdos

Antes de llegar a la ciudad vivía en un pueblo cercano a la capital de la ciudad. Teníamos un rancho con cochinos y gallinas, mis padres tenían una pequeña parcela de chile. Estuvimos en el pueblo hasta que cumplí los trece años. Por desgracia, mi padre perdió el rancho con deudas de juego, nos quitaron todo y tuvimos que venir a la capital. Sin recursos para sobrevivir llegamos al barrio y mi padre comenzó a trabajar de albañil. Un tiempo estuvimos bien, hasta que mataron a mi hermano; siguió los pasos de papá y le cobraron las deudas con la vida. Para mi madre, mi hermano era su adoración y con su muerte se puso muy mal, comenzó a delirar por las noches, parecía que platicaba con alguien, ella decía que era mi hermano Antonio. Para variar mi padre comenzó a tomar mucho y su presencia en la casa era verlo borracho. El hogar se convirtió en un campo de batalla, ellos discutían todo el tiempo y yo salía para no escucharlos. Así conocí a un hombre que trabajaba con mi padre, tenía diez años más que yo, pero eso poco importaba y comencé a salir con él a escondidas de mis padres.

Después, se fue a trabajar lejos del país y me dejó sin avisarme. Yo tenía dieciséis años y en esos días me corrieron de la casa, pues estaba embarazada. Después supe que mi madre finalmente terminó suicidándose y a mi padre lo mataron en una pelea dentro de una cantina. Me quedé sola, sin dinero, sin trabajo, sin casa… Conocí a Dagoberto y tuve a Carmela, y luego llegaron todos los demás. Su padre supo darme cariño, comprensión y un hogar para mí, para todos…

Mi madre

Los pensamientos me abandonaron cuando escuché la voz de un celador anunciando el nombre de mi madre. Cuando salió a recibirme su imagen no era la misma, pensé por un momento ver a otra persona. Aquella madre joven y bonita había desaparecido, en esos meses se había hecho vieja, su voz cambió, tenía temblor en sus manos. Ante mí era una mujer diferente, casi irreconocible. Sus ojos verdes, claros y serenos como un remanso eran, sin duda, los de mi madre. Veía en ellos un lago que te invita a penetrar y quedarte quieto. Al acercarse me tomó de la mano y me condujo a un banco para sentarnos.

—¡Meño!, ¿ya te soltaron?

—Jefa, ¿qué pasó? —Mi voz tomó un tono de reclamo.

—¿Solo a eso vienes? —Fijó la mirada como buscando piedad en mis palabras—. ¿Quieres reclamar como los demás? Es suficiente saber que Toñito, mi niño, se ahogó por mi culpa. —Hizo una pausa—. Cuando desperté ya estaba muerto.

—¿Te quedaste dormida? —Los reclamos, el enojo y las palabras salieron con un impulso, como si quisiera castigarla por su error. Escuché su voz ahogarse por el llanto.

—Me duelen mucho los huesos, me revisaron en el centro de salud, hasta ahora no sé de qué se trata la enfermedad, el medicamento me hace dormir. Ese día tomé las pastillas, el dolor era muy fuerte. Aproveché que había agua y estuve bañando a los niños. Belén se quedó dormida y Toñito disfrutó estar en el agua, me senté en la cama… —Su voz se quebró—. Cuando llegaron las niñas, Carolina me despertó… ¡Toñito había muerto! Belén lloraba en la cama. Las dos habían ido a entregar la ropa a la señora Trejo. —Dio un suspiro y continuó—: Te juro que no supe cómo pasó, pero los vecinos le dijeron al policía que yo lo maté. No sé qué va a pasar, no sé dónde están tus hermanas, ni Carmela. Desde que se fue, no volví a saber de ella.

—Yo tampoco sé dónde están, fui a buscarlas, nadie me dio razón. Y Carmela ya no vive ahí.

La visita de los familiares de las reclusas provocó el sonido que ensordecía. A pesar de la multitud me sentía solo, en un cuarto vacío. Mis pensamientos me tenían encerrado en mi mundo. Traté de comprender, quería encontrar explicaciones, no quería ser ahora el verdugo, juzgarla. El ambiente me asfixió, me levanté y salí sin despedirme. Recorrí varias calles, luego me senté en la banca de un parque y regresaron los recuerdos de mi madre, la mujer alegre que entonó canciones de cuna, la madre que tuve alguna vez. Entonces, como cascada siguieron más recuerdos, mi padre disfrutando de sus memorias, sobre todo cuando conoció a mi madre. Sus palabras hicieron eco en mi memoria:

—Estaba sentada en una banca dentro del templo, tenía su cara sonrosada por el calor. Tenía puesta una faldita corta, ¡era coqueta la muchacha! De reojo volteó a ver a este tipo guapetón, porque yo era bastante guapo, ¿verdad, Catalina? Después de la misa me acerqué a ella para que no se me escapara y me dejó acompañarla a su casa. Yo brinqué de la emoción, ¡era muy chula! Me enamoré enseguidita de la condenada. Le rogué, porque se hacía de rogar, como dos meses para que fuera mi novia, y ya cuando me dijo que sí, le pedí que viviéramos juntos. Y *pa* pronto que aceptó. Luego nació Carmela y nos vinimos aquí al barrio. Después llegaron todos ustedes y ahora vean, somos una familia grande, y su madre sigue bien chula, aunque a veces es muy enojona, pero así me gusta más, así la quiero.

Las palabras de mi padre seguían haciendo eco, parecía como si lo escuchara. Luego vi a mi madre cocinando, lavando, peinando a las chiquillas, la vi besando a Toñito, ¿cómo iba a matarlo, si lo quería tanto? Luego volvió a mí la canción de cuna. Recogí mis piernas y las abracé mientras repetía quedito el arrullo, las lágrimas corrieron por mis mejillas. No podía dejar de llorar, metí la cabeza entre las piernas. Me di cuenta de que ya era un hombre, no un niño.

Otra vez la calle

Pasaron dos meses desde que nacieron los niños. Me sentí afortunada, tenía un lugar para dormir y comer. Doña Luisa resultó ser como un ángel, en el restaurante las faenas eran de todo el día, entre los gemelos y la limpieza los días pasaron. Como podía traté de averiguar el destino de mi madre y mis hermanos. Fui a buscar a Meño al reclusorio, pero ya era libre. ¿Dónde estaban? Cada noche me hacía la misma pregunta, en la oscuridad del cuarto y bajo el silencio, el llanto se hacía presente. Entre las faenas del restaurante y el cuidado de los niños, los días corrían como un arroyo que pasa lento dentro de una paz de artificio.

Nunca le pregunté a doña Luisa por la visita de unos hombres al restaurante, pero una noche, cuando ya habíamos cerrado, escuché ruidos y gritos, sabía que venían del local. Dejé a los niños dormidos y cerré la habitación, crucé el patio y pude ver por la ventana como un hombre le disparó a la señora. Quedé inmóvil, muda. Los hombres tomaron el dinero y salieron sin percatarse de mi presencia, ¡qué alivio! Respiré cuando ellos se fueron. Al momento corrí para socorrer a la señora, traté de que reaccionara, pero todo fue inútil, un charco de sangre se extendía por el piso y comenzaron a llegar varios vecinos, pues los había alertado el disparo.

Después de las averiguaciones tuve que salir del lugar con mis hijos, el local era rentado y las cosas se quedaron como embargo, no sé de qué, pero sabía que nada de lo que tenía el lugar era mío. ¡Otra vez a la calle! Sin casa ni comida, con dos hijos que alimentar y maldiciendo a la suerte. Mientras recorrí calles tratando de encontrar un refugio, en un puesto de periódicos tuve de frente una noticia que me dejó helada. En primera plana vi el rostro de mi madre bajo el titular que decía: «Mujer se suicida en cárcel de mujeres». Estuve observando la fotografía, ¡era ella!, ¡era ella!, lo repetí hasta el cansancio. Entonces los pasos me guiaron hasta el reclusorio para mujeres.

Conciencia

—¡Yo lo maté!

Lo dije ante el juez, y comenzó la condena. Dijeron que fue homicidio culposo, no lo sé, la única verdad se convertía en que una madre había matado a su hijo por descuido, por accidente. En la oscuridad de la celda veía el rostro de mi hijo sonriendo, jugando, ajeno a la tristeza que invadía el hogar. Después volvía un rostro ajeno, una sombra, un hijo que no nació, sí, al que tuve que matar.

—¡Yo lo maté! —grité, y el eco fue grande, provocando el estruendo de las mujeres pidiendo que me callara, y luego la celadora entró y con dos golpes supo cómo hacerme callar.

Todos los días salía al patio, el sol del verano caía con un calor que ahogaba. Para mí era como si no estuviera, me sentía como fantasma, invisible ante las demás. Era repudiada por todas, el crimen se repudia cuando matas a un desconocido, al esposo de otra mujer, pero yo maté a mi hijo. ¿Cómo una madre puede matar a su hijo?, ¿qué clase de mujer se precia de ser madre al matarlo? Las noches y los días eran muy largos, entre la celda y el patio, los talleres y la enfermería, que se volvió el lugar más visitado. Mis huesos dolían cada vez más, se me caían las cosas de las manos, cada día tropezaba con más frecuencia, cada caída dolía más que la anterior.

La culpabilidad me perseguía día y noche, por las madrugadas solía escuchar el llanto de Toñito, y había otro más lejano, pero que me aturdía. Quería escapar, no quería escuchar, ¡ya no! Las noches eran el mayor de los tormentos. Decidí no dormir, pero eso me hacía sentirme muy cansada. Mis manos comenzaron a temblar, no podía detenerlas, las rodillas me hacían doblarme, mi paso era lento. Al pasar por las escaleras siempre había alguna que me aventara, caía dos o tres escalones cuesta abajo, a veces toda la escalera.

«¿Dónde están mis hijos?». Recordé a Carmela, no volví a saber de ella. Por mi culpa se fue de la casa, nunca la defendí del maldito de su padre, abusó de ella cuando era una niña. Mi hijo Meño lo mató para defender a sus otras hermanas; ha venido a verme, pero no me ha dicho si ya encontró a sus hermanas. Toñito se ahogó por mi culpa, y Belén era una niña abandonada, casi no le hacía caso. No hay pretextos, como madre no era un buen ejemplo, engañé a mi marido y lo preferí a mi amante antes que a mis hijos.

Ahora este temblor me atormenta, no me deja pensar, el llanto de mis hijos vuelve, aunque esté despierta los escucho. Sigo tomando estas pastillas que robé de la enfermería, sigo probando una a una. Tengo sueño, la noche comienza, estoy sola. Toñito está aquí, lo veo sonreír... Me escucho cantar:

> *Duerme, pequeño, que el sol se perdió.*
> *La luna te invita a dormir y a soñar,*
> *la aurora te espera en un campo...*

Nuevo oficio

Conseguí trabajo en un almacén. Meter y sacar bultos era cosa de todo el día, el sueldo me ayudó a buscar un cuarto para vivir. Seguí tratando de encontrar a mis hermanas, evité ir a las visitas al reclusorio de mujeres. Dentro de la rutina, los días pasan uno igual a otro. Pensé en buscar otro empleo, uno que diera para más. Ese sueldo no servía ni para mal comer. Una vez escuché decir: «Cuidado con lo que deseas», y eso fue como si hubiera invocado mis males. Una tarde me encontré al Grillo, vestido con pantalón de mezclilla, botas vaqueras y sombrero tejano.

—¿Y ahora en qué la giras? —le pregunté al verlo tan bien vestido.

—Ayudo a distribuir mercancía, no me va tan mal.

—¿Mercancía?

—Así es, carnal, solo que este trabajo es de hombres. Ya las viejas no dan y pues uno ya es hombre, a ellas les gustan los chavitos.

La plática se prolongó hasta tarde, me invitó, pero no quise acompañarlo para ver a sus patrones. No me latía el *business*. Días después me corrieron del almacén y ya no tenía donde dormir. Necesitaba dinero, la búsqueda de mis hermanas costaba una lana y ya no tenía ni en qué caerme muerto.

Entonces me animé a buscar al Grillo, así que sin pensarlo llegué al billar. Cuando entré al lugar lo vi acompañado de varios tipos, entre cigarros y cervezas, risas burlonas y malos chistes. Algunas muchachas eran sus acompañantes, observé como metían sus manos entre las faldas de mezclilla y manoseaban las nalgas. Me acerqué a mi cuate y un hombre salió al encuentro.

—¿Quién jodidos es este cabrón? ¿Quién te dijo que podías traer pendejos? —De un solo golpe el Grillo cayó al suelo. Quedé paralizado.

—¡Patrón!, es un cuate, le dije que me buscara. Quiere trabajo y *pos* pensé…

—¿Ya piensas, cabrón?

—Ya ve que a veces falta gente y puede ayudar con lo de las escuelas, es listo y le entra a todo.

Los veía discutir y seguía como estatua, sin moverme ni articular palabras.

—Ah, ¿te crees redentor, pinche pendejo? Pues te concedo el milagrito, lo vas a enseñar a empacar, vas a estar con él para que lo vigiles, ¿oíste?

—¡Ya está!, yo lo ayudo. Gracias, patrón. —Salimos del lugar y el Grillo se limpió la sangre de la boca.

—Nos fue bien, carnal, el patrón estaba de buenas.

—¿De buenas?

—¡Claro!, otras veces te da de balazos. —Soltó una carcajada y seguimos caminando entre la oscuridad de las calles.

Los primeros días trabajé en la bodega llenando sobrecitos con hierba como si fuera orégano y otros con polvo blanco. Solo un foco era la luz en ese cuarto. Otras ocho personas hacían presencia en ese cuarto pequeño. Al salir nos revisaron hasta los calzones, pagaban según los paquetes empacados. Después el Grillo y yo íbamos a tomar unas cervezas a la plaza, buscábamos unas chavas y amanecíamos en diferentes hoteles de los barrios.

Llenar sobres era aburrido, pero tenía sus frutos: después de mes y medio nos cambiaron de puesto, esos sobres los repartíamos en unas tiendas. Eso era mejor que estar en el cuarto. No estaba mal, el dinero era el triple de lo que se ganaba en el almacén. En poco tiempo conseguí otro cuarto para vivir, podía vestir más o menos, en los tiempos libres mi refugio eran las cantinas y las mujeres. El negocio era bueno para tener dinero rápido, pero sentía el alma carcomerse. Entregué sobres en las afueras de las escuelas, a chavitos de unos ocho años; me recordaron a Toñito y a mis hermanas. Habían pasado diez meses desde que salí del penal y nadie sabía darme razón.

Una mañana después de hacer las entregas, una noticia en el periódico llamó mi atención. En primera plana estaba escrito: «Mujer se suicida en penal para mujeres». Quedé paralizado con la noticia, en las columnas estaba escrito el nombre de mi madre, Catalina López. Sentí el cuerpo helado, como si me hubieran arrojado una cubeta con agua. Recordé la última visita, habían pasado meses; por el trabajo dejé de visitarla. Recordé sus últimas palabras:

Mcño, mis dolores son cada día peores en todos los huesos. Por las noches escucho a Toñito, me llama, me dice que está solito. Necesito encontrar valor. Ya no puedo con esta culpa, y al otro…, al otro lo tuve que matar y eso no me deja vivir.

Ella lo logró, el intento suicida no había fallado. Recordé cuando me colgué en el reclusorio, comprendí que el suicidio era parte de mi sangre. El Grillo me acompañó al penal. Después de firmar un mundo de papeles, sería cosa de unas horas para que me entregaran el cuerpo de la mujer que figuraba como mi madre. Cuando fui a reclamar el cuerpo y de paso atendía a las personas de la funeraria vi a Carmela, mi hermana, que por el periódico se enteró de su muerte. Bajo el impulso del deseo corrí a abrazarla y ella hizo lo mismo, estuvimos así por un tiempo y luego vi su rostro lleno de lágrimas.

—¿Dónde has estado, cabrón? Te busqué en el reclusorio, pero ya te habían soltado.

—Me soltaron, ya casi será un año. Ahora estoy viviendo en una casilla con el Grillo, allá por la estación, en las afueras. Yo también los busqué, pero nadie sabía para dónde se fueron. ¿Y tu marido?

—Ni me hables de ese cabrón, el desgraciado me dejó con dos escuincles y vete a saber por dónde ande, hace mucho que no sé de él. En el cuartel me dijeron que se fue con su esposa. ¡Figúrate!, era casado el infeliz.

—Entonces, ¿vives sola? ¿Y mis hermanas?

—Quise recuperarlas, pero no se pudo, las tres están en el orfanato municipal. ¡Ay, Meño! Me han pasado muchas cosas, pero ya te contaré. Fui una vez a verlas, Carolina y la Bolita querían venirse conmigo, pero me dijeron que mejor las dejara, porque mi casa no era adecuada para ellas. Creo que es mejor, a veces no tengo ni para comer, mis chamacos y yo tenemos una vida de perros.

La conversación era como una dotación de golpes y ya no sabía en qué parte del cuerpo dolía más. Las respuestas, cuanto más las escuchas, se meten a las entrañas. Como contraparte me invadía la alegría, por lo menos ya sabía de ellas, aunque rodeadas de malas noticias.

—Me gustaría ver a Carolina, después de que maté al Pijas no sé cómo está, y Belén ha de estar muy grande.

—Sí, ya va a cumplir tres años y me pidieron en la casa hogar que llevara algo para festejarla, para que sintiera que tiene familia. Pero no tengo dinero, solo les dije que sí, pero ni voy a aparecer. La que me preocupa es Esperanza, ya ves que casi no podía hablar, ahora menos, ni siquiera me quiso ver. La verdad, no sé qué pasa con ella.

—Es verdad, de ella casi no me acuerdo, creo que es como si no existiera, o eso quise hacerme creer. La Mudita le decía yo. Pero bueno, ¡vamos a festejar a la Bolita! Yo tengo dinero y puedo pagar la fiesta y hasta el regalo. Y les llevamos regalos a las tres.

—¿Pues en qué la giras ahora? ¿Todavía vas con tus viejas ricas?

—No, eso ya pasó de moda, y creo que cuanto menos sepas es mejor.

—¡Ay, Meño! De seguro ya andas haciendo pendejadas, no aprendes. —La observé un instante y salimos del lugar.

Por la tarde sepultamos a mi madre. Carmela lloró en silencio, solo vi correr sus lágrimas. Yo no pude. Era como si las lágrimas se hubieran agotado. Al entierro acudieron pocos vecinos del barrio, quienes llegaron a apreciar a Catalina López; los demás tenían un buen pretexto para no asistir. A la salida del cementerio llegó el Grillo en la camioneta, le pedí que lleváramos a Carmela a su casa y de paso sabría dónde vivía.

El fin de semana preparamos algunas bolsas con dulces, el pastel y la piñata. Las cosas las subimos a la camioneta y llegamos a la casa hogar. Entonces aparecieron Esperanza y Carolina, que traían de la mano a Belén. En sus rostros hubo alegría por vernos, las tres tenían facciones de mi madre, eran muy parecidas, igual que Carmela; al menos el rostro de mi madre habitaba entre nosotros.

La fiesta estuvo bien, vi a mis hermanas sonreír, compartieron los dulces con las otras niñas, pero siempre estuvimos vigilados por el personal del lugar, en especial por los custodios. Cuando nos dieron la orden de retirarnos estaba decidido a hablar con la directora, quería llevarme a mis hermanas, ya no había caso para que se quedaran. Así que me armé de valor:

—Pase, señor…

—Manuel Pérez López.

—Gracias. Entiendo que quiere retirar a las niñas de la casa hogar.

—Así es, yo puedo hacerme cargo de ellas.

—Sí, lo comprendo. Verá, para que se las pueda llevar hay ciertos trámites que se deben cubrir.

—¿De qué tipo?

—Bueno, usted puede figurar como tutor de las niñas ante la ley. Para eso se debe comprobar que tiene un lugar apto para que ellas vivan bien, que dispone de tiempo suficiente para cuidarlas, que tenga solvencia económica y esté fuera de delitos.

Fue cuando me di cuenta de que era evidente cuál era mi negocio. La ropa, la camioneta y mi compañero el Grillo, la imagen revela las cosas.

—Mire, señor, no tengo intención de causarle ningún daño, mucho menos separarlo de sus hermanas, pero piénselo, ¿cree usted que estarán bien y fuera de peligro bajo su cuidado? Además, aquí asisten a la escuela y tienen un espacio de convivencia sano.

No pude contestar, hasta ese momento ninguna mujer me había bajado la mirada y ella lo hizo con audacia. Recogí los papeles y salí de la oficina. Al salir me despedí de las niñas y llevamos a Carmela y a los gemelos a su casa. Durante el camino pensé en las palabras de la directora mientras Carmela no se detenía con el interrogatorio.

—¿Por qué no podemos cuidarlas nosotros? ¿Le dijiste que podemos hacerlo? ¡Contesta!

—¡Ya cállate! Eso lo arreglamos después, ahorita déjame pensar.

Malos presagios

El sudor me despertó y el corazón quería salir del pecho como si fuera a explotar. En el sueño me veía colgado en el penal, el aire se iba y una sombra negra invadía mis ojos sin dejarme ver la imagen de una mujer cerca de mí. Tenía miedo, sudé frío bajo un escalofrío de sensaciones y el aire poco a poco regresó. Cuando aclaré las ideas y terminé de despertar reconocí el lugar, era la casa donde vivía. Me levanté e investigué si el Grillo dormía. Tomé la jarra y vacié agua en un vaso. Lo bebí de un jalón sintiendo el paso del líquido como sangre fresca por el cuerpo. Al poco rato sentí alivio, luego decidí ir a buscar a mis hermanas. Tenía que visitar el orfanato municipal, luego ver cómo podía sacarlas de ahí. Ya era tiempo de sacarlas de ese lugar.

Llevé los papeles a la casa hogar, luego vino el interrogatorio, el cual reprobé. Habían investigado mis antecedentes, se reflejó mi estancia en el reclusorio, el suicidio de mi madre, que Carmela y yo no teníamos una casa propia. No quise aclarar de dónde salía el dinero. Los informes del penal no eran muy buenos, salió a relucir mi intento de suicidio y también la extraña muerte de un preso y del guardia Nicolás Juárez. Fue cuando supe que el «hijo de perra» estaba muerto.

Con todos esos informes no era candidato para llevarme a mis hermanas. Busqué información en otros lados y lo único que recibí fue negativas. Según el Estado, mis hermanas estarían mejor en el orfanatorio que con la familia. Entonces, nos dejaron visitarlas una vez por semana. Procuré llevarles ropa, juguetes y algo de fruta, seguía en el negocio de la droga y las ganancias eran muy buenas. Claro que eso no lo sabía Carmela.

Mi vida siguió entre las cantinas, las drogas y el prostíbulo, todo eso me hacía sentir hombre. La entrega de paquetes cambió un poco, en ocasiones teníamos que ayudar a desaparecer personas; en otras, nosotros mismos lo hacíamos. En sueños veía el rostro suplicante de las víctimas, matar ya era parte de la rutina. Entre ir y venir, un día dejamos la carga en la casa del patrón, era la primera vez que iba al lugar. Al llegar a la casa supe que ya había estado allí, cuando vi a la mujer lo comprobé. Era la señora que visité por varios meses, la que pagó el gimnasio y mis antojos hasta que fui al reformatorio. Sentí un sudor helado, supliqué en mis adentros: «Ojalá no me recuerde».

Las cosas se complicaron cada día más, entre esconderme de la señora, entregar paquetes y matar gente, sentía que realmente mi vida era una completa porquería. Comencé a dejar las visitas a mis hermanas, solo le mandaba dinero a Carmela, a la que casi no veía, y tampoco a mis sobrinos. Las pesadillas eran el reflejo de que el estilo de vida me llevó a cavar mi propia tumba. Una tarde llegamos a la bodega y había varios hombres amarrados, ya no me extrañaba, cuando los mataran los teníamos que desaparecer, pero el rostro de uno de ellos fue muy familiar. Estaba arrodillado, lleno de tierra, golpeado, de la boca escupía sangre y los ojos tenían lágrimas. Hacía casi dos años que no sabía de él, mi cuate la Lombriz estaba ante mis ojos suplicando por su vida.

—¡Meño, Meño! ¡Ayúdame, carnal! ¡Ayúdame!

—¿Lo conoces, Meño?

—Sí, señor.

—Bueno, para eso son los amigos, a este te lo despachas tú.

Me dio la pistola y con ella la orden de disparar. Uno de los hombres comenzó a matar a los demás, pero yo solo tenía una víctima, a mi cuate, el que me ayudó a desquitarme del cabrón que me violó, y ahora tenía que matarlo.

—¡Ándale, cabrón! ¿O quieres tomar su lugar?

Uno de sus hombres me apuntó con la escopeta y sin pensarlo más, le disparé en la cabeza. Solté la pistola y sentía las manos temblar, nunca me había pasado, pero se trataba de mi amigo y lo único que sabía era que yo lo había matado. Salí al patio para tomar aire. Cuando por fin comencé a sentir calma me llamaron. Regresé a la bodega y el patrón me dijo:

—Bien, muchachito, para que veas que soy bueno, a tu cuate lo van a enterrar estos. ¡Mira!, allá afuera en el carro rojo está mi esposa, llévala a la casa.

Tomé las llaves sin decir palabra, pero me di cuenta de que el encargo era peor. No quería que la mujer me reconociera, así que llegué al auto y traté de disimular. Pero ya en el camino:

—¡Hola, Manuel! A poco ya no te acuerdas de mí.

—No sé de qué habla, señora.

—No te hagas pendejo, cabrón, bien sabes quién soy yo. Si no te lo dije antes es porque sé cómo es mi marido; si se entera de que fuiste mi chamaco, te mata.

Traté de no distraerme, puse la mirada en el camino. Aunque ella dirigía la plática, yo solo veía el rostro de mi amigo tirado en el suelo. Al llegar a la casa me dijo:

—Te espero mañana a las seis, y no me falles, voy a estar sola.

Cerró la puerta y yo me bajé para dejar el carro. Salí de la casa, se apoderó de mí una sensación de querer huir, salir corriendo y no volver nunca. Mi vida volvía a ser como un callejón sin salida, ahora sentía que las calles se estrechaban más. Fui directo a la cantina, pero ahora no quería la compañía de nadie, estuve tomando varias horas y después salí del lugar y me encaminé a casa de Carmela. Al llegar toqué con fuerza, pues era de madrugada. La sorpresa fue que ella abrió la puerta muy rápido, me dejó pasar y cerró de manera brusca.

—Meño, ¿qué haces? Vas a despertar a los niños, ¡mira cómo vienes!

—Perdóname, pero traigo un dolor grande, grande, aquí —lo dije mientras me golpeaba el pecho.

—¿En qué líos andas metido? Dime que no es cierto lo que supe en la tienda, la que está junto a la escuela.

—¿Qué te dijeron?

—Que repartes drogas.

—¿De dónde crees que sale el dinero que te doy para ti, tus hijos y las niñas? —solté la verdad de golpe.

Carmela quedó muda sin saber qué contestar. De pronto un nudo en la garganta se desató y comencé a llorar, me dejé caer sobre la silla.

—¡Soy una mierda, una verdadera mierda! ¡Estoy hundido!, ¡perdido! ¡Ya no sé quién soy! Y ahora esa pinche vieja me quiere chantajear, maldita bruja, puta hija de la chingada.

Mi hermana se sentó junto a mí, entonces busqué su regazo y ella me abrazó. Recuerdo que le dije:

—¡Cántame la canción de cuna!

Y ella comenzó a cantarla entre sollozos.

Niño pequeño de mi corazón,
mira que el sol se durmió,
la luna te invita a dormir,
el hada del sueño a soñar.
Un borreguito llegará hasta ti,
para que puedas contar.
Mis brazos te arrullarán
y esta canción oirás.
Duerme, pequeño de mi corazón.
Duerme con esta canción.
Con el arrullo tu sueño será
un lugar para soñar.

La Lombriz

—¿Dónde está?

Meño comenzó a traer dinero, mis hijos ya no pasaron hambre, pude rentar un local cerca de la casa y comencé a vender comida. A pesar de la crisis, me iba bien, ya tenía clientes y las ventas aumentaron con los días. Distribuía el día entre la casa, los niños y las visitas al orfanatorio para ver a mis hermanas. Las pobrecitas siempre lloraban cuando me despedía. Al principio íbamos juntos el Meño y yo, pero de repente solo me daba dinero y casi no lo veía. Al principio no me importó, luego las malas noticias sobre lo que hacía comenzaron a llegar.

Un día llegó la Lombriz a la fonda, parecía llevar varios días sin comer. Le ofrecí un plato de sopa, el cual me aceptó sin chistar. No quiso comer en el espacio de clientes, se introdujo a la cocina. Se estaba escondiendo. Luego me pidió que lo dejara dormir una noche en mi casa y accedí. Después de cerrar la fonda lo encontré dormido, no quise despertarlo y lo dejé en mi cama. Yo me acomodé esa noche en el cuarto de los niños, dormí incómoda, pues la cama era pequeña. Al día siguiente le pedí una explicación, clavó su mirada en el suelo como si tuviera pena por lo que me iba a revelar:

—¡Híjole, Carmelita!, uno nunca sabe en el momento que te das cuenta de que tu vida es una mierda. —Su mirada seguía inmóvil en el piso, su voz se quebró al pronunciar las palabras.

—¿De qué hablas? Supe que saliste del reclusorio, pero Meño me dijo que no sabía nada de ti.

—Y no sabe. Desde ese día no nos hemos vuelto a ver, pero supe en qué la gira y es ahí donde está lo cabrón. Cualquier día estaremos frente a frente, la cosa es que se muere él o me muero yo.

—¿En qué pendejadas andan metidos?

—En unas muy gruesas, pero es mejor que no sepas, es mejor para ti y tus hijos.

Lo miré sin decir palabras, entonces ya no quise saber más, comprendí que la Lombriz tendría razón, a veces es mejor no saber. Al día siguiente llegó a la fonda una mujer, dijo que había sido compañera de Catalina en la cárcel. Traía una caja:

—Son cosas que dejó tu mamá en la celda, cuando se murió yo las recogí para que no las fueran a tirar; ahí les vale madre lo que uno deja y pronto se deshacen de todo. Me dio trabajo dar contigo, pero una señora conoce a Meño, tu hermano, y él me dio la dirección de este lugar, y aquí me tienes. Creo que son cosas que debes tener, cartas que debes leer, así comprenderás lo que hizo. —No supe qué decir, solo callé. No sabía que el interior de la caja revelaría los secretos que mi madre guardó, las cosas que ignoré por tantos años.

La carta era reveladora, sus últimas palabras escritas en pedazos de papel; así fue su vida, pedazos de tristezas y de agonías. Ahí conocí la verdad sobre mi padre, el hombre que compartía mi sangre. A cada palabra me di cuenta de que fue un hombre manipulador y perverso, pero mi madre creía fielmente en él. Sabía que tenía una verdad a medias, aquella que conocí el día que la abandoné, cuando fui a vivir con Nicolás. «Estúpida», también creí, como ella, en las palabras de un hombre que nunca llegué a conocer en realidad.

No pude evitarlo, mis lágrimas corrieron cuando supe que el maldito del Pijas también había abusado de Esperanza y Carolina, «¡y mi madre lo sabía!». En ese momento la odié, prefirió a ese hombre que a sus hijas, y luego Meño lo mató por defender a una de ellas. Comprendí la furia de mi hermano, ¿por qué no fui yo? Tenía que vengar mi pena, la de ellas, veía sus caritas cubiertas de tierra entre la inmundicia que siempre las rodeó. Arrojé la carta, no quise saber más, ¿qué clase de madre tenía? Concluí que era la peor de todas. ¡Mis padres fueron una verdadera mierda!

Estuve llorando hasta la madrugada, mi rencor hacia mi madre crecía. De pronto escuché que golpearon la puerta, la voz del exterior me animó a abrir. La Lombriz entró de manera precipitada, volvió a poner el pasador y me ordenó apagar la luz.

—¿Qué *rechingaos* te pasa, cabrón? —Lancé mi furia contra él.

—¡Perdóname, Carmelita, pero no supe a dónde ir! —lo dijo en voz baja, y su cuerpo era un estruendo de temblores—. Tranquila, en un ratito me voy, te lo prometo.

Lo observé, ya no pude decir nada, parecía un pequeño ratón amedrentado por el gato que lo quería cazar. Le ofrecí un poco de café y nos fuimos a la cocina, me cercioré de que los niños estaban dormidos. Cuando lo vi más calmado, él comenzó a platicar sobre el pasado, de cuando era un chamaco. Dijo que era feliz y no lo sabía:

—¿Te acuerdas de cuando fuimos novios? La encabronada que se dio el Meño, entonces me valía madre lo que dijera, yo tenía a la novia más bonita.

—Sí, fuiste mi primer novio, pero eras muy aburrido y payaso —lo dije entre sonrisas leves. Esos días también para mí fueron buenos.

—Por eso me tronaste, luego supe lo que te hizo el Pijas, y también a tus hermanas.

—¿Cómo lo supiste? Pensé que nadie sabía.

—¡Ay! Carmelita, hay cosas que no se ocultan, y menos en ese barrio de pinches mugrosos, donde todos saben de todos, pero nadie dice nada por miedo o por pendejos. Ese cabrón del Pijas era un verdadero perro, no te creas que solo te fastidió a ti o a tus hermanas, a ese tipo le gustaron las chamaquitas y de más de una se aprovechó. Yo al menos sé de unas cinco, ¡a saber cuántas más!

Callé… Sus palabras me horrorizaron, mi padre era un pervertido, nunca le importó ni siquiera que yo fuera su hija. Hay verdades que es preferible no conocer. El frío se coló por la ventana, me abracé y la Lombriz se ofreció a darme calor, se quitó la chamarra que traía y me la puso. Sentí sus brazos rodeando mi cuerpo, su olor a hombre, y sus labios tan cerca. Sí, dejé que sucediera, me besó, lo permití. Tenía ganas de sentirme mujer, ¡yo era mujer! Hacía mucho tiempo que no sentía el cuerpo de un hombre cerca.

Llegamos a la habitación entre besos y abrazos. Sus manos eran suaves, tiernas, sus labios húmedos recorrían mi cuello, mi pecho. Nos tiramos sobre la cama, la ropa cayó una a una y entonces, entre jadeos, sentí su presencia dentro de mí. Mi cuerpo respondió como una hembra ardiente. Él era fuego, y yo, un volcán en plena erupción. No pude, no quise evitarlo; al contrario, me invadió el deseo, sí, el deseo de sentirme mujer y dejar que el éxtasis rodeara mi cuerpo.

Lo escuché dormir junto a mí, la luz en la ventana me anunció el amanecer, entonces la imagen de mi madre apareció, así era su deseo por un hombre, por ese hombre que le hizo tanto daño. Se humedecieron los ojos y luego ahogué las lágrimas. La

Lombriz se fue temprano, dijo que volvería por la noche, y lo estuve esperando, pero nunca volvió.

Por la tarde volví a abrir la carta de mi madre, seguí leyendo con otra visión. Unas palabras llamaron mi atención:

—Maté a mis hijos, al que nunca conocí su rostro, el pequeño que ni siquiera tenía voz, tampoco una manera de defenderse. Aborté, ¡lo tuve que tirar! Igual como se tira o se desecha algo que no sirve.

¿De qué estaba hablando? La memoria vino a mí, fue aquella vez que estuvo enferma, acostada por tres días y que sangró mucho, así como muchas fueron las lágrimas que derramó. La historia de Toñito la sabía, murió por un accidente, pero ella se sentía culpable y esa culpa la llevó a su muerte.

Pasaron dos noches cuando volví a escuchar que golpearon la puerta. Sin pensarlo abrí, pensé que era la Lombriz. Ante mis ojos estaba Meño, parecía muerto en vida, pero muertas tenía las entrañas. Lo dejé entrar, también me pidió apagar la luz y asilo por una noche. Su estado de embriaguez me hizo dudar de su cordura. Habló sin parar, eran tantas cosas que no terminé de entender lo que decía. Entonces, fue a ver a los niños, estuvo contemplándolos mientras dormían, después fuimos a la cocina y lo vi llorar. Lo vi tan frágil, lo único que sentí fue una gran lástima. Él, que siempre demostró aires de valiente, estaba desarmado, muriendo por sus propias culpas, y entonces me lo dijo:

—¡Lo maté! ¡Lo tenía que matar! Era él o yo.

—¿De qué hablas? ¿Ahora qué pendejada hiciste?

—¡Maté a la Lombriz! ¿Te das cuenta? ¡A mi carnal! Él me ayudó a vengarme de Juárez, ese perro que me violó en la cárcel. Y ahora yo lo maté, soy una porquería.

Sus palabras me dejaron helada. Por eso no volvió, ese era el encuentro, era uno de los dos. No dije nada, solo pude abrazarlo y escuché su petición:

—¡Cántame la canción de cuna de mi mamá!

Y la melodía salió entre sollozos a través de mi voz.

Cavar el hoyo

Al día siguiente la cruda era peor que la conciencia, en casa no había nadie. Me levanté del colchón provisional que tenía mi hermana, la cabeza me iba a explotar. Tomé una cerveza que encontré en el refrigerador. Era casi el mediodía. Escuché que alguien golpeó la puerta y acudí a abrir.

—¡No mames, güey! Hasta que te encuentro, tenemos que ir a recoger unos paquetes a la frontera, te estuve buscando. ¡Ándale! Que si el patrón se entera nos chinga —dijo el Grillo con gritos y nerviosismo.

—¡Ya, ya, no exageres! Me visto y nos vamos.

Momentos después la camioneta rechinó las llantas, serían varias horas para llegar por la entrega. En el camino recordé a la vieja del patrón, no podría asistir a la cita y pensé que eso era lo mejor, alejarme de ella sería lo más prudente. Cerca del anochecer llegamos a la bodega, varios hombres estaban a la espera. Después de que vieron el dinero y de revisar la mercancía, nos escoltaron hasta el camino y retornamos con los paquetes. Los caminos estaban vigilados, así que cruzamos varias carreteras de terracería y sin vigilancia.

Después de viajar todo un día, en la madrugada llegamos a la ciudad por la tarde. Por suerte y gracias a que el Grillo era buen piloto, no era tarde para entregar los paquetes al patrón. Después de la revisión, el patrón nos invitó a comer. Me extrañó porque nunca lo hacía, su cordialidad nos tomó por sorpresa. Al llegar al comedor estaba la mujer del patrón, la cual nos atendió con mucha amabilidad.

—¡Pasen, muchachos! ¿Les ofrezco una cerveza?

—Sí, gracias —contestó el Grillo por los dos.

La verdad, la sed me estaba matando, después del viaje relámpago y la borrachera.

—¡Siéntense, que hoy es gratis! —insistió la mujer.

Vi de reojo al Grillo, parecía no entender nada, pero tampoco le importó. Mientras comimos en silencio, las manos me temblaron, empecé a sudar, pensé que era por los nervios de tener a la doña frente a mí. Traté a toda costa de esquivar su mirada, era evidente la coquetería hacia los dos. Sentí miedo de que don Félix se diera cuenta. Pedí permiso para ir al baño y, ya estando ahí, el vómito se hizo presente y un extraño escalofrío se apoderó del cuerpo. Me mojé la cara con agua fría y traté de tranquilizarme. En esos momentos no podía darme el lujo de flaquear. Al salir del baño, le hice señas al Grillo para salir de la casa; por fortuna entendió el mensaje y salimos sin inconvenientes. En el patio don Félix ordenó:

—¡Bien, cabrones! Vayan por sus entregas, espero las cuentas claras, que no les vean la cara de pendejos que tienen —dijo don Félix con un tono de sarcasmo.

—No se preocupe, patrón —contestó el Grillo para corresponder. Recogimos las entregas y salimos del lugar.

Varios días estuvimos ocupados repartiendo a los proveedores, recorrimos tiendas, escuelas, prostíbulos con tal de entregar la mercancía. Nos faltó por entregar un paquete grande a un cliente gordo, cuando fuimos a buscarlo no estaba en la ciudad, así que decidimos buscarlo hasta saber que había regresado. Esa tarde el Grillo no quiso acompañarme al *table dance* para visitar a las chicas, me dejó la camioneta y el paquete estaba debajo del asiento trasero, pensé que nadie lo vería.

En el lugar estuve tomando como de costumbre y una de las mujeres me acompañó a un privado. En medio de la borrachera se me fue la boca, conté cuántas eran mis ganancias por entrega y el paquete que tenía escondido; no comprendí que por la boca había cavado mi tumba. Al salir me di cuenta de que la camioneta estaba abierta. Como algo inconsciente busqué el paquete, pero no estaba. Como ser humano estaba frito. Busqué al Grillo para que me ayudara, pero fue en vano.

—¡No mames, cabrón! ¿Sabes lo que vale el paquete? Lo siento, carnal, en esto cada uno se rasca con sus uñas, acabas de jodernos. O lo encuentras, o lo encuentras. Ya sabes cómo se las cobra.

Las palabras del Grillo hicieron eco en mi cabeza, ¡estaba jodido! Era lo que me repetía constantemente. No tenía dinero suficiente para pagar, dar la cara para pedir clemencia era absurdo. Además, la mujer del patrón, esa cabrona puta que seguía acosándome, y no era por gusto, sino para fastidiarme por no querer seguir su juego; sin embargo, estar con ella era lo mismo que meterme a un tambo con ácido. El primer impulso fue esconderme. Me refugié en el barrio, Chita me dio asilo, le pedí que no dijera a nadie que estaba escondido en su casa. Durante una semana no salí, ni siquiera asomé las narices a la puerta. En mi interior sabía que la exponía; no le aclaré los hechos. Le dije que eran deudas de juego.

Un día llegó el Pascuas, Chita lo recibió y yo me escondí en la habitación, pero podía escuchar con claridad lo que ellos decían:

—¡Ni te imaginas de lo que me acabo de enterar!

—¡Ya vienes con tus chismes! ¿Qué supiste?

—Fui a buscar al Meño a la casa de Carmela, vi cuando se la llevaron. Cuando se fueron me metí a la casa y, ¡no mames!, a los niños los mataron como dos perros.

Salí del escondite de manera intempestiva, me abalancé contra el Pascuas, lo tomé de la camisa queriendo borrar sus palabras.

—¿Qué dijiste? ¡Dime que no es cierto, por favor, dímelo!

—¡No mames, cabrón! ¿Qué hiciste?

—¡Soy una maldita mierda! —le dije mientras lo soltaba.

Los ojos de Chita brillaron como dos destellos, pero su mirada reflejó un terrible miedo.

—Meño, ¿qué está pasando? Dime, ¿qué está pasando?

—Es mejor que no lo sepan. —Salí de la casa y en mis pensamientos estuvieron Carmela, mis sobrinos, mis hermanas y mi madre.

La verdad

Dos días esperé a que regresara. No volvió. No sabía si enojarme con él, conmigo o con el destino. Seguí con el trabajo, del restaurante a la casa y el cuidado de los niños. Los veía crecer, ya casi cumplían dos años. Ese día fui al orfanatorio, llevaba semanas sin aparecer por allá. Estuve esperando a Meño para llevarles algo de ropa, pero no lo hizo, entonces solo llevé un pastel que hice para ellas. Antes de ver a mis hermanas me hicieron ir a la dirección, pensé en una mala noticia, tal vez alguna de ellas estaba enferma, o alguien quería adoptarlas o… Dejé de pensar. Al llegar a la oficina vi las cosas muy solemnes, entonces la mujer de cara estirada y seria me lo dijo:

—Siento comunicarle que, pese a nuestra vigilancia, su hermana Carolina escapó del lugar. Todavía no sabemos cómo sucedió, ya se dio parte a las autoridades, esperamos que pronto tengamos noticias de ella.

No supe qué contestar, salí de la oficina, pedí ver a Esperanza y a Belén. Pensé que ellas me dirían algo sobre Carolina, pero Belén aún era pequeña para comprender y Esperanza no podía comunicarse. Me despedí de ellas dejando el pastel, y llegué a casa con la esperanza de que Carolina estuviera allí, pero no había rastro de ella. Deseaba con gran ansiedad un milagro.

Días después Meño vino a casa, aunque mejor que no lo hubiera hecho… Lo que me dijo me llenó de espanto. «¿Qué pendejadas hacía?». Lo que dijeron en la tienda era verdad. Mi hermano distribuía drogas, lo buscaba la policía y era… ¡un asesino! Mientras estuvo en casa le dije lo de Carolina, pero no sabía si me había escuchado. Al día siguiente, se fue con prisa. Yo seguía tratando de resolver el problema de mi hermana, eso era algo que se salía de mis manos. ¿Por qué se había escapado? El orfanatorio era un lugar seguro, al menos eso quería creer.

Esa tarde regresé temprano del restaurante, hacía frío y la clientela no aparecía. Decidí volver a casa, y al llegar encontré a dos hombres que preguntaron por Meño. Su aspecto no era muy amigable, me dieron miedo, mucho miedo. Uno de ellos me aventó hacia el interior, el miedo creció, el otro tenía a los niños.

—¡A ver, cabrona! ¿Dónde está tu hermanito?

—No lo sé, anoche vino, pero se fue temprano.

—Bueno, con el mensaje que le vamos a dejar, él solito nos va a buscar.

Escuché dos disparos y vi a mis hijos tirados en el piso. Grité, pataleé, me jalaron y me subieron a la camioneta. Un golpe borró las imágenes…

Desperté por los gritos de alguien. Poco a poco visualicé el lugar, nunca lo había visto. A lo lejos vi a los hombres que me trajeron, había más, vi cómo golpeaban a otro, lo tenían atado en una silla. En la penumbra reconocí a Meño. Les grité, y uno de ellos vino por mí…

Suicidio

Las manos me temblaron, sudé frío, las imágenes se cruzaron en mi mente de manera inesperada. Veía a Carmela arrullando a sus hijos, escuché la canción de cuna que mamá entonaba; esa canción volvía a mí de manera extraña. Entre los recuerdos vi el rostro de mi madre en la polvareda y la melodía no salía de mi cabeza.

Salí de la casa de Chita, el Pascuas me alcanzó y quiso acompañarme, pero lo impedí, el problema era mío y no tenía por qué mezclar a otras personas. No quería matar a otro amigo, como a la Lombriz, que ahora veía su rostro suplicando clemencia por su vida. Ahora era mi turno, sabía que ahora tenía que suplicar por la vida de mi hermana y por la mía. En instantes de la vida todo se va a la mierda.

Llegué a la bodega. Unos hombres me recibieron con una golpiza; luego vi al patrón, no estaba de buen humor. Como diversión, me golpearon mientras mi cuerpo se tambaleaba sobre una silla. A lo lejos escuché los gritos de Carmela, ya no era capaz de distinguir entre la realidad y mis pesadillas. Como no tenía el dinero ni la mercancía, Carmela pagaría las consecuencias. Traté de pedir clemencia, sin ser escuchado. El patrón se acercó:

—Así que tú eras el cabroncito que se cogía a mi vieja, ¿verdad? —Había algo en su voz que me hizo entender lo que sabía—. Y además robaste mi paquete. Eres un imbécil y me lo voy a cobrar, vieja por vieja y paquete por tu vida.

Vi a Carmela junto a mí, uno de los hombres le jaló del pelo arrojándola al suelo.

—Ahora vas a ver lo que se siente. ¡Órale! Que empiece la función.

Dos hombres tomaron a Carmela y la subieron a una mesa, le arrancaron la ropa y fui testigo de cómo cada uno de ellos abusó de ella. Escuché sus gritos, el llanto, vi cómo la golpearon y a cada intento que hacía por soltarme me propinaron varias patadas. Mientras veía la brutalidad que hacían con ella, recordé a Elena y el día que la violé, escuché su voz suplicando que me detuviera. Luego las palabras de aquellas mujeres pidiendo más placer. Sentí asco de mí, comencé a vomitar, sangre, saliva y mis propias entrañas. Las fuerzas me abandonaron, sentía que la vida se salía de mi cuerpo. Por momentos ya no escuché, o tal vez ya no quería escuchar. Los gritos de Carmela por fin cesaron. Para esta vida de mierda, la muerte era un regalo. Escuché el disparo que detonó en el cuarto, luego rodó el cuerpo de mi hermana en el suelo.

—Estamos a mano en una deuda, ahora falta mi dinero por la mercancía. Métanlo a la jaula, mañana acabamos con él.

Era de madrugada. El frío me escurría por todos los huesos, no podía moverme, casi no podía ver. La sangre corría por varias partes del cuerpo, un juego de emociones se mezcló, el llanto y la risa surgían a un mismo tiempo. Los recuerdos hacían juegos malvados en la mente, recordé los días felices con los cuates, la muerte de mi padre, la sonrisa de mis hermanas, el día que maté al Pijas, las lágrimas de Carolina y las viejas gozando en la cama. De pronto, como una cascada, veía ante mí las miradas de todos aquellos a quienes despaché de este mundo. Ahora entendía con más claridad los rostros de súplica, el llanto de los hombres a los que maté se reflejó en mí. Luego la canción de cuna y el caudal de lágrimas que no cesaban de salir.

Duerme, pequeño, que el sol se perdió.
La luna te invita a dormir y a soñar,
la aurora te espera en un campo feliz,
para que puedas cantar.
La cuna en mis brazos te arrullará
y esta canción soñarás.
Duerme, pequeño de mi corazón.
Duerme con esta canción.
Mi arrullo tu sueño será,
un lugar para soñar.

Luego escuché una voz en la oscuridad.

—¡Meño, Meño! ¡Hijo, busca a Carolina, está perdida! ¡Búscala!

Recordé que Carmela me lo dijo mientras me arrulló en sus brazos y cantó la canción de cuna. «Carolina no ha regresado, ayer se escapó del orfanatorio». Entre voces comencé a distinguir la voz de quien me habló.

—¡Meño! ¡Meño! Toma, carnal. Mañana te meten a un tambo, mejor hazlo tú.

Tomé el objeto que me entregó y sentí el frío de la pistola en la mano, no tenía fuerza ni para eso. La luz del amanecer me sorprendió, la puerta de la jaula estaba abierta, me levanté y caminé hacia ella. Estaba cerrada. Por la única ventana se veían los primeros rayos del sol, en el piso estaba tirado el cuerpo de Carmela. La tomé en mis brazos y logré llegar con ella hasta la ventana…

Ahora estoy aquí sentado frente a la ventana con la mirada perdida en el horizonte, el frío de la pistola sobre mi mano y a punto de levantarme la tapa de los sesos. Siento el cañón del arma sobre la sien, pero ahora surgen las preguntas. ¡Qué ironía!, nunca me hice preguntas por todas mis tarugadas y ahora, como parte de mis pendejadas, llegan estas preguntas.

¿Cuántos errores se necesitan para acabar con la vida? Nadie es capaz de delimitar una cantidad, mucho menos de tener conciencia y de asumir cada uno de los errores. ¿Cuántas desilusiones para hacer de la vida una porquería? Lo que hacemos se puede considerar desilusiones o somos autores de la desilusión de nuestros padres, de nuestros hermanos, de nuestros amigos. Las ilusiones que plantaron en mí las personas que creyeron que podía hacer algo, todos ellos dejaron caer sus sueños en un pozo sin fondo. Mi padre me dijo: «Eres el hombre de la casa», pero jamás asumí ese papel, dejé que mi madre y Carmela lo hicieran. Preferí buscar el dinero y una vida fácil para vivir «bien», y ahora compruebo que viví en una gran complicación de la existencia. ¿Cuántas veces se quiere volver atrás, regresar el tiempo para no hacer tanta pendejada? ¿Y mi hijo? Nunca volví a ver a Elena, tampoco tengo la seguridad de que realmente tenga un hijo; espero que no, es mejor no repetir al mismo pendejo. Es extraño cómo me revuelco en mi porquería y todavía tengo ganas de reír y burlarme de lo que soy. Alguien una vez dijo: «Es bueno reírse de uno mismo». Creo que ahora encuentro el sentido.

El sol se ve ahora con mayor claridad y el eco de los pájaros llega a mis oídos. Nunca me detuve a contemplar a las aves, tampoco a escuchar sus cantos, mucho menos a contemplar los paisajes. Poco a poco la luz ilumina la bodega. El tiempo se acaba, vendrán por mí y debo decidir si acabar de una vez o dejar que ellos lo hagan. El suicidio como única salida, ahora no encuentro el valor. Para mi madre fue un refugio, la salida perfecta. Esto del suicidio nunca ha sido un juego, nunca lo fue, era el escape de mi realidad. Tampoco es ahora un arranque de coraje, ahora, precisamente ahora, no puedo fallar. Veo a mi madre entre la polvareda, luego la canción de cuna que hace eco en el silencio y me arrulla y me consuela. Escucho el crujir del gatillo, el silencio, pasos que se acercan y después…

Niño pequeño de mi corazón,
mira que el sol se durmió.
La luna te invita a dormir,
el hada del sueño a soñar.
Un borreguito llegará hasta ti,
para que puedas contar.
Mis brazos te arrullarán
y esta canción oirás.
Duerme, pequeño de mi corazón.
Duerme con esta canción.
Con el arrullo tu sueño será
un lugar para soñar.

FIN

Sobre la autora

María Magdalena López Espinosa (Colibrí) nace el 10 de noviembre de 1972 en Zacatecas, México. Es licenciada en Letras, cuenta con la maestría en Humanidades, **línea formación docente**, eje enseñanza de la literatura y maestría en Investigaciones Humanísticas y Educativas, con orientación en Literatura Hispanoamericana de la Universidad Autónoma de Zacatecas.

Escribe ensayo, cuento, poesía y novela. Ha incursionado en teatro y programas de radio. Obtuvo el premio nacional de declamación a los seis **años**. Ha ganado premios como escritora en los Juegos Florales Ricardo Flores Magón en 1995 y 1996, así como en los Juegos Magisteriales del SNTE, sección 58, galardonada en el marco de los festejos del Día Internacional de la Mujer (2018) de la Unidad Académica de Letras. Es ponente y tallerista en diferentes congresos nacionales e internacionales. Es docente de nivel secundaria, impartiendo la asignatura de español.

Cuenta con publicaciones de artículos y cuentos como *Martes trece* y *Los fantasmas vienen de noche*. Imparte talleres de creación literaria con alumnos de primaria y secundaria. Actualmente estudia el doctorado en Educación. *Canción de cuna para un suicida* es su primera novela.